クリムヒルトとブリュンヒルド

東

[絵

A s

her sister

They served the kingdom,

and were erased from its hist

ベルンシュタイン
かつて悪竜の妖術により、人間から琥珀の竜へ姿を変えられ、初代女王の治世に王国の地下に封じられた。

できることは全部やるんだよ。
それしかできねえからな。
アニマ
不通の幸せを夢見る、王国の若き下級兵士。初代女王に屠られた悪竜・シグルズの家系に生まれ、迫害を避けるために偽名を名乗っている。

……この翼で姉様を連れ去ってください。
この王国には姉様の居場所はありませんから
クリムヒルト
五代目女王の娘で、ブリュンヒルドの妹。病に倒れた姉に代わって王位に就き、戴冠式の日に王国が抱える闇を目の当たりにする。
BRUNHILD AND KRIEMHILD

私程度に怯んでいては、
ウォレンに勝つことなど
夢のまた夢。
BRUNHILD AND KRIEMHILD

ウォレン
「竜殺しの女王」と呼ばれた初代女王の頃から歴代女王に仕え続けた重臣であり、王国随一の竜殺しの才を持つ老兵。

ブリュンヒルド
五代目女王の娘で、クリムヒルトの姉。王位継承の一年前に神の力の『蝕み』に倒れ、心苦しく思いながらも妹に王位を任せた。
ウォレンを倒さない限り、
私たちの未来はない。
考えるんだ——新しい王国の在り方を。

序章

女王が死にかけていた。

豪奢《ごうしゃ》な寝台に横たわっている女。髪も瞳も黒くて瑞々《みずみず》しい。年の頃は三十の中頃だった。

傍目《はため》には死にかけているようには見えない。顔色はいささか青白いが、言われなければわからない程度だ。

それでもこの女は死にかけている。『蝕《むしば》み』という病に体を侵されていた。

女王は、傍《かたわ》らに控えていた私に言った。

「私はもう死にます」

私は即座に言葉を返した。

「御身は死にません。神が死ぬことなどありえません」

「私は……神などという偉大な存在ではありません。私は、ただの女王です。竜殺しの女王。もう間もなく死ぬのです」

「よしんば死ぬとしても、後に蘇《よみがえ》りましょう」

私はこの女王が死ぬなどとは全く信じていなかった。

女王は、私にとって神だった。

女王は優しい声音で私の名を呼んだ。

「あなたは、とても強い子。私が引き取って育てた子の中で、誰よりも真《ま》っ直《す》ぐな子よ。だから、あなたは私に幻想を抱いてしまった」

女は少し、後悔の滲《にじ》んだ目をして言った。それが私の心残りなのですと。

女の黒い眼《め》は、私を見つめている。その眼《め》はどこか遠くを見つめているようだった。神である女王の眼《め》には、私の未来が見えているのかもしれない。

その未来は、私には見えない。

「どうか忘れないで。私は決して神様ではなかった。私の創った王国もまた、完璧なものではない。だから、私の死後、王国が崩れていくとしても……どうか嘆かないで」

女は手を伸ばし、私を抱き締めようとした。

だが、もうその力も残っていなかったから頰に触れるだけに終わった。

「民をみな幸せにはできなかったけれど、せめて私の手が届く範囲の人には幸せになってほしい。あなたにも……」

それで女王の話は終わった。私は女王の寝室を出た。入れ替わりに、女王の一番の従者が、足を引きずりながら部屋に入っていった。

私は回廊で立ち尽くした。女王の言葉の意味を考えていた。
私にはわからなかったのだ。女王がいったい何を言っているのか。
窓辺まで歩いていく。王城の窓からは、王国が見渡せる。
女王が創った完璧な王国。美しい国が広がっていた。
初めて見た時から、この景色の美しさは変わらない。
ふと背後が騒がしくなった。女王が死んだと、侍女が、召使いが騒いでいた。
本当に死んだのか。
女王の部屋に戻ると、確かに女王は死んでいた。
それから数日待ったが、蘇《よみがえ》ることもなかった。
だから、私は決意した。
あの窓から見える王国を守護していく。
あの美しい景色を何人にも汚させない。
あの王国を、永遠に——。

第一章

ジークフリートと呼ばれる竜殺しが女王を務める王国があった。

その竜殺しは、神の子だった。人でありながら神に限りなく近い存在。

かつては竜の巫女《みこ》だった少女。

彼女はその身に宿した『神の力』でかつて王国を支配していた悪竜——当時は神竜と名乗っていたが——を葬《ほうむ》り、女王となった。

竜殺しの女王は、優しかった。民の幸せに心を砕き、多くの偉業を成し遂げた。悪竜の支配から民を解放しただけでなく、王国内に潜んでいた他の竜たちも滅ぼし、習わしで残っていた被差別階級を撤廃し、攻め込んでくる外敵を雷霆《らいてい》で打ち払い、友好的な国とは交易を行い国を発展させた。

　女王が悪竜を殺してから百年近くの歳月が流れた。

　二人のお姫様が、ドレスの散らかった部屋にいた。五代目女王の娘たちである。

「そうだねえ、私の妹にはどちらの服が似合うかな」

十三歳のブリュンヒルドは右手に持ったドレスと左手に持ったドレスを見比べていた。

「ううん、どちらも似合うだろうね。だって私の妹だ」

「姉様……。そろそろ着替えを始めないと」

おずおずと言ったのは一歳年下の妹、クリムヒルトだ。声が小さく、気弱なのがわかる。もう一時間ほど、下着姿で姉が服を選び終えるのを待っていた。

姉妹のどちらも黒髪に黒い瞳だった。それがジークフリート家の娘の特徴である。

「これ以上時間をかけたら、パーティーに間に合わなくなります」

今日は初代女王の生誕記念パーティーが王族と貴族との間で行われるのだ。

両手の服から目を離さないで、ブリュンヒルドは返事をした。

「少しくらい遅れたっていいじゃない。私たちは王族ジークフリート家の娘だよ」

「王族だからって驕《おご》るのは……」

「未来の伴侶がいるかもしれないんだよ？　だって、今日のパーティーは王国中の有力貴族が集うんだ。母様が父様を見つけたのも、このパーティーだったと聞いてるしね。だったら、今日のパーティーは遅れてでも最高の服飾で向かうべきだよ。クリムヒルトだって、見初めたり見初められたりするかもしれないんだから」

「し……しませんよ」

クリムヒルトは少し頬を赤く染めた。

「まだ十二ですから……」

「もう十二の間違いでしょう。……うん、こっちのドレスに決めた」

ブリュンヒルドは右手に持っていたドレスを妹に着せることを決めた。下着姿の妹はようやく服が着られると安堵《あんど》する。ブリュンヒルドは妹の着付けを始めた。王族のドレスは着るのに複雑な手順が必要で大変なので、侍女に着付けを行わせるのが普通だ。けれど、ブリュンヒルドが妹の着付けを侍女に任せることはなかった。自分の手で妹を飾るのが好きだったし、自分が一番妹を美しく着飾らせることができるという自負があった。

「私が一番、あなたのことを理解しているんだから……」

やがて着付けが終わった。

下着姿の少女は、シックなドレスに身を包んだお姫様へと変身していた。

ブリュンヒルドは妹を見て、ご満悦といった様子だった。

「うん。我が妹ながら、絵画のように美しいよ」

「それは言いすぎでしょう」

気弱な妹を、姉は突然抱きしめた。

「姉様、何を……」

「寂しくなるね。こんなに美しく育ってしまったら……私の下を離れていく日は遠くないでしょう」

この姉妹は、父母の愛をよく知らずに育った。

父は姉妹が生まれてすぐに事故で死んでしまった。母は女王としての公務で毎日忙しかった。母は二人にたくさんの侍女や召使いをつけて、何不自由ない生活を送れるようにはしていたけれど、どれだけ召使いをつけようと、他人は他人。家族にはなりえなかった。

そんな状況だったから、おのずとブリュンヒルドは自分が妹を守らねばと思うようになったし、妹は姉を母以上に頼りに思うようになっていった。

「いっそのことクリムヒルトは王になればいいよ。そうしたら私が女王になるから。それでずっと一緒だ」

「お戯《たわむ》れを」

クリムヒルトは苦笑した。

「ですが、それは素敵なお話ですね。少なくとも今の私には、姉様の傍《そば》を離れる未来は想像できませんから。どんな殿方に見初められようともです」

思わずブリュンヒルドは、クリムヒルトを強く抱いた。

「かわいいことを言ってくれるね」

しばらくそうしていたが、やがて妹を離して言った。

「そろそろ行こう。これ以上馬車を待たせたら、さすがにかわいそうだものね」

二人は馬車に乗って離宮を出る。二人がワゴンに入った時には、出発予定を二時間過ぎていた。長く待たされたことに御者は相当苛《いら》ついていたようだったから、クリムヒルトは申し訳なさを感じた。

馬車は護衛の騎士を連れて、会場へと進む。パーティーは旧王家の私邸で行われるのが恒例となっていた。

山道に差し掛かった。

ふとクリムヒルトが横を見ると、馬車の窓から並走している騎士の馬が見えた。

ワゴンの中で、クリムヒルトがブリュンヒルドに尋ねた。

「こんなに厳重な警備が必要なのでしょうか」

「万一に備えてだろうね。……このところは異国との戦いも増えてきている」

ブリュンヒルドらの王国はあまり大きな国ではない。しかし、この王国にだけ存在する技術やエネルギーが存在した。それらを目当てに異国の軍が侵攻してくることがここ十年ほどで急増していた。

「初代女王様の威光が失われてきているのですね」

初代女王は歴代女王の中でも最高の力を持っており、神通力《じんつうりき》とも呼ぶべき圧倒的な武力で、攻め込んでくる異国の軍を片っ端から撃退した。以来、王国に攻め込んでくる国は長らく存在しなかったのだが、その初代女王も七十年以上前に死んでいる。

ブリュンヒルドらの王国に対する恐怖が少しずつ失われてきているのだった。

「そうだね。私たちは気をつけないといけない。異国が求める特殊な技術やエネルギー、その一端が私たちなのだから」

ジークフリート家は極めて特殊な血筋だった。この一族は、紆余曲折《うよきょくせつ》あって『神の力』という不思議なエネルギーを体に宿すことになった。この『神の力』によってジークフリートの一族は様々な特殊能力を有している。それ故に異国はジークフリート家の人間を研究材料として欲《ほっ》しているのである。

クリムヒルトが不安そうな顔をしたのを、ブリュンヒルドは見逃さなかった。妹の手を握って言う。

「そんなに怖がらなくていいさ。万一、襲われるようなことがあっても、私が守ってあげるとも」

クリムヒルトが薄く笑った。ほんの少しだけ恐怖が和らいだように見えた。

「ええ、姉様が守ってくださるなら何も怖くありません」

クリムヒルトが窓の外を見る。並走してくれている騎士が見える。

「騎士もこれだけついてくれています、し……」

クリムヒルトの言葉は途切れた。

びしゃりという音がして、赤い液体が窓を汚したからだ。

護衛の騎士が何かに襲われている。

クリムヒルトが小さく悲鳴を上げた。

「ひ……」

獅子《しし》のような姿をした化け物が窓の外にいた。山間から飛び出してきたそれが、騎士の首を噛《か》み砕《くだ》いていたのである。

獅子《しし》の眼《め》が動く。ワゴンの中のクリムヒルトを見る。視線が合ってしまう。

ブリュンヒルドはクリムヒルトを力強く引き寄せて、覆いかぶさった。

次の瞬間、馬車が大きく揺れた。獅子《しし》の異形が馬車に体当たりしてきたのが分かった。

「きゃあああああああああ！」

ワゴンの中にクリムヒルトの悲鳴が響いた。ブリュンヒルドは強くクリムヒルトを抱いて、衝撃から守ろうとした。

視界が回転する。馬車が横転したのだ。強い衝撃が姉妹を襲ったが、二人は無傷だった。『神の力』を受け継いだ二人の体は特別で、通常の物理法則では傷を負わない。

横転した後も、馬車は激しく揺れていた。ワゴンの外にいる何かが揺らしているらしい。

壁越しに聞こえてくる悲鳴と猛獣の唸《うな》り声。断末魔の叫びはおそらく御者や護衛の騎士のものだろう。

獅子《しし》の異形の爪が、馬車の扉を三日月状に裂いた。光が差し込んでくる。

裂け目から、猛獣が二人を覗《のぞ》き込む。

口から覗《のぞ》く大きな牙は血濡《ぬ》れていた。赤い雫《しずく》がぽたりと滴《したた》り落《お》ちる。ブリュンヒルドは冷静にクリムヒルトを引っ張って馬車の奥へと逃げた。クリムヒルトはただ恐怖に泣くことしかできなかった。

「あ……ああ！　うああ……」

パニックになっているクリムヒルトを、ブリュンヒルドがどうにか自分の背後へと庇《かば》おうとした。

獅子《しし》の異形が馬車を壊していく。裂かれた亀裂が押し広げられて、異形の大きな顔が二人に迫った。

「ひ……いや……」

獅子《しし》の異形はクリムヒルトに噛《か》みつくと、馬車の外へと攫《さら》っていった。

「姉様、姉様っ！」

「クリムヒルト！」

ブリュンヒルドも後を追って馬車を出た。

馬車の外では戦闘が行われていた。姫らの護衛をしていた騎士が剣を抜き、襲撃者たちを相手に山道で戦っている。襲撃者は無数の異形を率いていた。それはこの王国にはない妖術によるものだった。そこからも襲撃者は異国の者と推測できた。

騎士は劣勢だった。

無数の異形は馬車を倒し、馬車を護衛していた騎士を多く喰《く》い殺していた。獰猛《どうもう》な牙を前には、頑強な鎧《よろい》も役に立たなかったようだ。

唯一、騎士たちにある強みは王国独自の秘薬『生命の霊薬』だけ。

これは、どんな怪我《けが》も治してしまう薬だ。異形に深手を負わされた騎士に、別の騎士が霊薬を使用していた。すると大きな爪による裂傷が治って、騎士は再び立ち上がれるようになった。

この霊薬のおかげで、化け物相手にもどうにか戦線を維持できていた。

けれど、霊薬は万能ではない。死んでしまった者には効果がないのだ。

異形の攻撃によって、即死させられた騎士も少なくはない。少しずつ騎士は数を減らしている。それに、いかに万能の霊薬といえど一瞬で傷を治せるわけではない。怪我《けが》の程度にもよるが、戦闘復帰には数分の時間を要する。戦線の崩壊は時間の問題だった。

激しい戦いの中、ブリュンヒルドはクリムヒルトを咥《くわ》えた獅子《しし》の異形が走り去っていくのを見た。

襲撃者の目的は王族の誘拐と見て間違いない。

クリムヒルトを追おうとブリュンヒルドが駆けだした。だが、その瞬間、何者かがブリュンヒルドの体を持ち上げた。

奇襲を生き残った騎士だった。馬に乗っていたその騎士が、馬上へとブリュンヒルドを引き上げたのだった。

交戦している騎士が、馬上の騎士へと叫んだ。

「ブリュンヒルド様を連れて王城へ!」

叫んだ次の瞬間には、その騎士は異形に殺されていた。

馬上の騎士は姫を抱えて馬を走らせた。

騎士に向かってブリュンヒルドが命じる。

「クリムヒルトを助けなさい!」

だが、騎士が馬をクリムヒルトへ向けることはなかった。

「お許しください、ブリュンヒルド様」

騎士が自分に言い聞かせるように呟《つぶや》いた。

「ブリュンヒルド様だけはお守りする……」

騎士の判断は正しかった。異国からの異形はあまりに強く、護衛は半壊状態だった。挽回《ばんかい》する装備も持ち合わせていない。であれば、逃げる他なかった。姫が二人とも攫《さら》われるよりは、一人を守り抜いた方がマシだろう。

別れ際《わかぎわ》に、姉妹の視線が交差した。

獅子《しし》に咥《くわ》えられ、遠ざかっていく妹は、いつまでも自分のことを見つめていた。

泣き声が小さくなって、消えていった。

獅子《しし》の異形は、山を下った。都とは別方向に駆けていく。あたりの風景から察するに、国境門へ向けて走っているのだろうとクリムヒルトは思った。

獅子《しし》にくわえられて草原を駆けていると、異形に乗って他の襲撃者たちが追い付いてきた。彼らの会話が聞こえてくる。

「ははっ、『神の力』を手に入れたぞ」

「この力を研究すれば、我が国の軍事力が飛躍的に向上する」

やはりそうだ。姉が言っていたように、自分は攫《さら》われて実験動物にされるらしい。

クリムヒルトは恐怖で声も出なかった。

襲撃者の声が聞こえてくる。

「それにしても、腹立つ顔をしているなこの娘」

「見れば見るほど、あの女王にそっくりだ」

この襲撃者たちは、五代目女王——つまりクリムヒルトの母——と戦闘し、敗北した過去を有していた。女王に対して一際《ひときわ》強い憎悪《ぞうお》を覚えている。

「少し楽しもうか」

襲撃者が獅子《しし》の異形に指令を送る。その瞬間、獅子《しし》の異形はひときわ強くクリムヒルトを噛《か》んだ。

「あっ……」

鮮烈な痛みに、クリムヒルトは鋭い悲鳴を上げた。その大顎にかかれば子供はもちろん大人ですらひとたまりもない。

だが、クリムヒルトは無事だった。血は出ていない。傷すらついていない。

「う……ううう……」

だが、クリムヒルトは体の中で残響する痛みに呻《うめ》いた。

歴代の女王は、無敵の体を有していた。内に宿す『神の力』の恩恵で、通常の武器では傷を負わないのだ。ブリュンヒルドとクリムヒルトも母から『神の力』を受け継いでいる。けれど、代を経るごとに劣化していったからだろうか、半端《はんぱ》にしか因子を受け継げなかった。

正確にいうと姉妹の体は無敵なのだが、いったんは傷付く。

噛《か》まれれば、斬られれば、いったんは傷付くし痛む。だが、そこで半端《はんぱ》な『神の力』が作用し、傷を瞬時に癒《いや》すのだ。だから、結果としては傷付かないし、無敵ではある。二人が有する『神の力』の恩恵は、「鉄壁の守り」から「強靭《きょうじん》な再生力」にまで劣化していた。

馬車が横転する時、ブリュンヒルドがクリムヒルトを庇《かば》ったのも、怪我《けが》からではなく痛みから妹を守るためだった。

痛みがある。これが厄介なのだった。

痛がるクリムヒルトを見て、襲撃者たちは笑った。「ははっ、ざまあねえな」

痛めつけられたことでクリムヒルトの中の恐怖が膨れ上がる。

攫《さら》われた後に、自分はどんな目に遭うのか。死なない体が恐怖を増長させる。たとえ切り刻まれたって、自分は死ねないのだ。死に逃げられない。

「ね……ねえ、さま……」

クリムヒルトは怖くて泣いた。だが、助ける者などいない。

異形は馬のように足が速く、逃げた騎士が王城に着いて応援を呼んだとしてもとてもクリムヒルトの救出には間に合わない。だから、襲撃者はクリムヒルトに好きなように叫ばせてやった。底意地の悪い戯《たわむ》れだった。

「姉様」と泣き声が響く。

それを襲撃者たちが笑う。

「はは、ははははははは！」

哄笑《こうしょう》があふれる。

だが、
その笑い声がふっと途切れた。

同時にクリムヒルトの小さな体が、宙を舞っていた。見れば、獅子《しし》の異形の足に矢が一本突き刺さっていた。走っていた異形がバランスを失って転がりながら倒れる。

柔らかな草の上に放り出されたクリムヒルトは、蹄《ひづめ》の音を聞いた。

一頭の馬が駆けてきていた。騎士の馬だ。だが、乗っているのは騎士ではない。姫であった。

ブリュンヒルドだ。ブリュンヒルドが護衛の騎士を叩《たた》き落《お》とし、馬を奪ったのだ。

馬上のブリュンヒルドは弓を構えていた。彼女の弓は百発百中だった。王族の嗜《たしな》みとして何度も狩りに赴いて磨いた腕だった。全身の筋肉を上手に使って、少女でありながら大人の男性用の弓を射ることができた。

矢筒から次の矢を取り出しながら追ってくるブリュンヒルドに、クリムヒルトは叫んだ。

「姉様、来ないでください！」

さっきは姉に助けを求めた。だが、今は姉が捕まるのが心配だった。自分のように痛い目に遭わせるわけにはいかない。

だが、姉は妹の叫びを無視して、二の矢を番《つが》えた。

そして、放つ。

ひゅんという音と共に、二の矢が襲撃者を射抜いた。不安定な馬上からの射撃にもかかわらず、矢は綺麗《きれい》な軌道を描いて襲撃者の眉間に吸い込まれていった。

「このガキ！」

仲間をやられた襲撃者が獅子《しし》の異形に指示を飛ばす。獅子《しし》の異形がブリュンヒルドに襲い掛かった。ブリュンヒルドは馬を巧みに繰って獅子《しし》の異形を躱《かわ》そうとするが、間に合わない。

「っ！」

異形はしなやかに跳躍するとブリュンヒルドの首に噛《か》みついた。取っ組み合いになりながら、ブリュンヒルドは馬から落ちた。そのまま草の上に組み伏せられる。

ブリュンヒルドは運動神経が発達している方だが、自分の倍を超える体躯《たいく》の異形を跳ねのける力はない。

ひゅーひゅーという音が聞こえてきた。ブリュンヒルドの呼吸の音。異形の大きな顎がブリュンヒルドの喉笛に噛《か》みついていた。気道が圧迫されて呼吸ができない。体が傷つくことこそないが、このままでは脳に酸素が行き渡らず、数秒後には気を失うだろう。

もはやクリムヒルトと共に攫《さら》われるしかない。

獅子《しし》の異形。その体の下から見えるブリュンヒルドの手が痙攣《けいれん》するように動いた。

「ああ、姉様……」

酸素を求めて足掻《あが》いているようにクリムヒルトには見えていた。

だが、そうではなかった。

突如、右手に光のようなものが生じた。その光は、神の武器だった。

雷霆《らいてい》と王国では呼ばれている。

『神の力』を稲光のように射出する攻撃だ。初代女王が得意とした技でもある。

ブリュンヒルドの右手から異形を焼く攻撃が放たれた。

母から『神の力』を受け継いでいながら今日までブリュンヒルドは雷霆《らいてい》を扱えなかった。しかし、決して適性がなかったわけではない。眠っていた『神の力』が危機的な状況による刺激で目覚めたのだった。

異形の首が焼けて消えた。頭のない肢体が、ブリュンヒルドにのしかかるように倒れた。傷口から滝のように流れ出る血が、草原を濡《ぬ》らした。

ブリュンヒルドは異形の骸から転がり出ると続けてまた右手に雷霆《らいてい》を編み、襲撃者へと放った。屈強なしもべがまさか小娘に殺されると思っていなかった襲撃者は隙だらけだった。光の矢は襲撃者の手足を射抜いた。残る異形たちはそれでもブリュンヒルドに襲いかかったが、もはや姫の敵ではなかった。ブリュンヒルドはもう雷霆《らいてい》の扱い方を習得していた。異形たちは光の矢の前になす術もなく死んでいった。

クリムヒルトは草原に座り込んで、茫然《ぼうぜん》と姉の雄姿を眺めていた。

戦い終えたブリュンヒルドがクリムヒルトの下へやってきた。綺麗《きれい》なドレスが、泥と血で汚れていた。

姉は優しく声をかけてきた。

「怪我《けが》はない？　……って、あるわけないか」

その瞬間、クリムヒルトは泣き出した。

「うわああ！　あああん！」

今度は恐怖による涙ではない。安心して泣き出したのだ。

「姉様……。ねえさ、ま！」

泣いているクリムヒルトは何を言っているかわかりづらい。

「どうして……どうして、こんな無茶を……」

その言葉で、ブリュンヒルドは静止した。

傍《かたわ》らに転がっている弓を見る。騎士から奪ってきた弓。

「そんな装備で勝てないのは、わかっていたでしょう」

「そうだね。運よく雷霆《らいてい》を使えるようにならなければ、私も攫《さら》われてた」

「だったら何故《なぜ》……」

「それでもいいと思ったんだよ。クリムヒルトをひとりで怖いところに行かせるくらいなら」

「いけません、姉様。もう二度とそんな真似《まね》はなさらないでください……」

ブリュンヒルドはぎこちない表情をして言った。

「どうかな……。また悪者が現れたら……助けに向かうと思うけどな。クリムヒルトがどこにいたってね」

「……ダメですってば」

口ではそう言ったが、自分を気にかけてくれることがクリムヒルトにはどうしようもなく嬉《うれ》しかった。

「戻ろう。騎士たちが心配しているだろうし」

ブリュンヒルドはクリムヒルトの手を摑《つか》むと、乗ってきた馬のところまで連れていった。

二人は馬に乗って、王城へと駆け出した。

ブリュンヒルドが前で、クリムヒルトが後ろだった。

馬から落ちないように、クリムヒルトは姉の腰に手を回していた。

触れている姉の背中からぬくもりが伝わってきた。

温かかった。


それから二年の月日が流れ、姉は十五歳、妹は十四歳となったある日のこと。

現女王である母が病に伏せた。

『蝕《むしば》み』のせいだった。

ジークフリート家の人間の宿命である。みな、その身に宿した『神の力』のせいで短命にして死んでいく。人の身に余る力を体に取り入れたことに耐えられなくなって、肉体が崩壊していくのである。これを『蝕《むしば》み』と呼んでいるのだ。

現在、女王は王城で治療に専念しているが、治る見込みがないのは明白だった。現女王は五代目。それまで四人の女王が同じ状態になり、治癒することなく死んでいったのだ。もはや女王は死んだも同然だった。

女王が病に臥《ふ》せったことで、二人の姫のどちらが王位を継ぐかが問題となった。

ブリュンヒルドは王位継承の相談をするために、クリムヒルトの部屋に向かった。

ブリュンヒルドは、クリムヒルトに言った。

「今から一年後に、戴冠式がある。そこで私たちのどちらが女王になるか正式に決まるわけだけど……クリムヒルト、私が女王になろうと思うんだ」

クリムヒルトに異論はなかった。

「それが良《い》いと思います。私は、姉様のような威風を持っていません。人の上に立つ器ではないでしょう」

「そういう理由じゃないんだけど……。クリムヒルトは優しいでしょう。だから人の上に立つのは向いていないと思ってね」

ブリュンヒルドには懸念《けねん》があった。もし妹が女王になったら、色々な連中が妹の優しさに付けこもうとするに違いないという懸念《けねん》だ。

クリムヒルトはブリュンヒルドに言った。

「姉様なら、きっと誰よりも素敵な女王になれると信じています。王国を今よりも素晴らしい場所にしてください」

「やってみせるよ。初代様のように全部うまくやれるかはわからないけれど、やれるだけのことは……」

ブリュンヒルドの言葉が止まった。

「姉様?」

「ぐ……」

突然、ブリュンヒルドが胸を押さえて苦しみ始めた。顔色は蒼白《そうはく》になり、冷汗が止まらない。ついに両膝を絨毯《じゅうたん》の上についた。

「姉様! 姉様!」

何かの病と思われた。クリムヒルトは慌てながらも、小物入れの中から小瓶を取り出した。中には黄金色の液体が入っている。

「大丈夫です、姉様。『生命の霊薬』をお持ちしました」

『生命の霊薬』は初代女王の成し遂げた偉業の中でも、特に偉大なもののひとつだ。

初代女王は、右手で触れた水を霊薬に変えることができた。この霊薬の効果はすさまじく、あらゆる病魔を駆逐し、怪我《けが》を癒《いや》してしまう。死以外は超越できた。

初代女王の亡《な》き後も、歴代の女王が霊薬を作り続けた。その甲斐《かい》あって霊薬は広く浸透し、現在では王国から病魔と怪我《けが》がなくなっていた。

「姉様、口を開けてください」

ブリュンヒルドが雛鳥《ひなどり》のように口を開ける。そこに霊薬を注《そそ》ぎ込んで、クリムヒルトは安心した。どんな病であっても、これで治癒するからだ。

だが、

「はっ……は……はぁ……！」

霊薬は嚥下《えんか》して数分後には効果を発揮するはずなのに、十分ほど待ってみてもブリュンヒルドの苦しみが治まる様子はなかった。

ついには喀血《かっけつ》までしてしまう。鮮血が床を汚した。

「そんな……どうして」

クリムヒルトは狼狽《うろた》えながらも、自分にできることを考えた。

「医者を……。医者を呼んできます。姉様、辛抱してください」

クリムヒルトは部屋を出て、医者を呼びに向かった。

しかし、医者はすぐには見つからなかった。『生命の霊薬』という万能薬が国中に広まったことで、医者という職業はほとんど滅んでしまっていたからだ。かつては離宮にいた侍医も随分前にお役御免となっていた。

結局、医者が来るまで一晩かかった。王宮から女王のお付きである医者を連れてくるしかなかったからである。

女王付きの医者は、ブリュンヒルドの容態を見て言った。

「女王陛下と同じですな。いや、もっと悪い」

医者によれば、ブリュンヒルドの体内の『神の力』が早くも悪さを始めているらしい。

「間違いなく『蝕《むしば》み』です」

蝕《むしば》みは『生命の霊薬』を以《もっ》てしても治すことはできない。どちらも同種である『神の力』に起因するものだからだ。

眠っている姉を見つめながら、クリムヒルトは医者に尋ねた。

「姉様は……この後、どうなるのでしょう」

「体が衰えていくはずです。この様子では、ブリュンヒルド様のご即位は難しそうですな……」


医者の言うことは正しかった。

ブリュンヒルドは日に日に弱っていった。

まず体力が落ちていった。少し動いただけで息が上がる。鍛えているはずなのに筋肉は衰えるばかり。肌の色が青白くなり始めた。目は落ちくぼんでいく。咳《せ》き込んで、血を吐いた。

やがて髪と瞳の色が変わった。

髪は白へ、瞳は赤へ。

ブリュンヒルドが本来持つ色素が弱り始めたのだ。

病弱な、白い姫となった。

ブリュンヒルドが弱るにつれて、廷臣たちは彼女を見限り始めた。

「もはやブリュンヒルド様に王位継承の目はないだろう」

「ならば、奉仕しても無駄だ」

廷臣たちはこんなことを口々に言って、ブリュンヒルドから離れていった。


ある晩、クリムヒルトがブリュンヒルドの部屋を訪れた。

ベッドの上のブリュンヒルドはクリムヒルトの顔を見ると、弱弱しい笑みを浮かべた。そしてこほこほと咳《せき》をした。

「来てくれて嬉《うれ》しいよ」

侍従たちも必要以上にブリュンヒルドと関わることをしなくなっていた。不治の病ということで気味悪がられていたのもその理由だろう。

「ほんの少し前までは、私に取り入ろうとする臣下が多かったけれど、そんな連中すらかまってくれなくなってしまった。いなくなってみると、寂しいものだね」

「臣下全てが見捨てても、私は姉様のお傍《そば》にいます」

ですから、とクリムヒルトはつなぐ。

「もう、女王になるのは諦めてください。私は知っているのです。姉様が女王になるのをまだ諦めておられないことを。病身に鞭打《むちう》って、女王になるための研鑽《けんさん》を積まれていること」

ブリュンヒルドは陰で、女王に必要な教養の勉強を続けていたし、体力を取り戻そうと足掻《あが》いていた。廷臣たちの陰口など気にも留《と》めずに。

「今の姉様には、お体を労《いた》わるのが何より大事です」

「でも……私が女王にならなかったら、クリムヒルトが女王になることになるんだよ」

「私はかまいません。姉様に比べれば頼りないでしょうが、責務を果たしてみせます。ですから、どうかお休みになられてください」

「そのお願いは聞けないよ」

「どうして……」

ブリュンヒルドは遠い眼《め》をした。

ここではないどこかを見ているような、不思議な目つきだった。

「……『蝕《むしば》み』に襲われて、ひとつだけわかったことがあるんだ。『神の力』に侵されたことで、眼《め》が神のそれに近付いたらしい。ぼんやりとだけど、未来が見える」

ブリュンヒルドは視線をクリムヒルトに移した。

「クリムヒルトは女王になってはいけない。きっと酷《ひど》い目に遭うから」

「酷《ひど》い目に……」

「具体的に何が起こるかまでは、わからないけどね」

ブリュンヒルドはクリムヒルトを安心させようと、妹を抱き寄せた。

「安心して。妹のことは姉の私が守るから。今までだってそうだったでしょう？」

「ええ、安心しました……」

嘘《うそ》だった。

自分を抱きしめるその力があまりにか弱くて、クリムヒルトは却《かえ》って不安になっていた。

ブリュンヒルドはベッドを降りて、自ら活動を始めた。

寝ているだけでは状況は変わらない。医者はブリュンヒルドの症状には匙《さじ》を投げている。

王城を出たブリュンヒルドが目指すのは学院だった。

学院は国内外から学者が集まる大きな研究機関である。悪竜の支配から解放された王国が、外国と交流を持つために作った施設だった。設立したのは初代女王。王国側の目的は国外から学者を招き、自国にはなかった技術を取り入れること。国外からの学者は、王国にだけ存する技術や学問——主に精霊や魔術について——を学ぶためにやってきていた。

ここならば『蝕《むしば》み』を治す手がかりが得られるのではないかと思った。霊薬頼みになった王国から医学と薬学は衰退していたから、それらを学べるのは異国と交流のあるこの学院だけなのだった。

学院に着いたブリュンヒルドはいきなり学院長にこう言った。

「私専用の研究部屋を用意して。泊まり込みで勉強できるようにね」

学院長は困った。

「学院の部屋は全て何らかの用途で利用しております。申し訳ないのですが、姫様がお使いになれる部屋は……」

「地下室が空いているでしょう」

「ええっ！」

学院長が驚く。

「しかし、この学院の地下には……」

「わかってる。かまわないさ。安心して、私は竜殺しの娘なんだから」

「姫様がそうおっしゃるのならば」

地下室が直ちに掃除され、ブリュンヒルドの専用の部屋になった。

地下室の研究所でブリュンヒルドは『蝕《むしば》み』についての研究を始めた。

一日目の研究を終えて眠ろうと、ベッドに腰かけたその時、
地下室のそれがブリュンヒルドの前に姿を現した。

『眠りから覚めてみれば、まさか客人とはな』

聞こえてきたのは、人間の声ではなかった。頭に響いてくるような不思議な声だった。

『竜の言霊《ことだま》』と呼ばれる言語である。

だから、声の主は竜だった。

地下室の奥から現れたのは、全長三メートル、体高二メートルほどの竜。琥珀《こはく》色の鱗《うろこ》と眼《め》をしていた。

竜の姿を見ても、ブリュンヒルドは驚かなかった。

竜が地下室にいることは知っていた。その上でこの部屋を選んだのだった。

かつてこの王国には竜がたくさん潜んでいた。

その生き残りの一匹が、この琥珀《こはく》色の竜である。

この王国は、百年前まで悪竜に支配されており、その私兵となる竜が各地に配置されていた。けれど、私兵だった竜たちは生まれた時から竜だったわけではない。元は人だったのだが、悪竜の妖術によって意思を奪われ、竜に変えられてしまった者たちだ。

それらの竜は女王によって駆逐されたが、ごく一部の竜は見逃された。奇跡的に人の意識を有していた竜たちは殺されなかったのだ。彼らは姿こそ竜だが、心は人のままだった。かといって竜たちを表に出すこともできない。王国は幾度となく竜によって惨劇が繰り広げられた場所なのだ。結果として地下室や牢獄塔《ろうごくとう》などに封印するという処分になったのである。

ブリュンヒルドは竜を見つめた。その目に怯《おび》えがないので竜は驚いた。

『竜を前にして物怖《ものお》じせぬとはな』

ブリュンヒルドは竜に言う。

『今日から一緒に暮らすことになるからよろしくね。安心して。君の暮らしを邪魔したりはしないとも』

『『竜の言霊《ことだま》』が使えるとは。おまえ、竜殺しの姫の娘か』

『そういうこと。ジークフリート家のお姫様さ』

ジークフリート家の血族には、しばしば『竜の言霊《ことだま》』を話せる者が現れた。ブリュンヒルドとクリムヒルトもそれだった。

『竜の言霊《ことだま》』は発声を要さない。互いに音を伴わずに、思ったことを相手の頭に語りかけることができた。

琥珀《こはく》の竜はブリュンヒルドをまじまじと眺めると、感慨深げに呟《つぶや》いた。

『そうか。初代様の……』

琥珀《こはく》の竜がブリュンヒルドを見る目には慈《いつく》しみがある。

ブリュンヒルドはベッドに入りながら言った。

『じゃあ、今日はもう私は寝るから。あっ、襲いたかったら襲ってくれてもいいからね』

『襲うわけがあるか。竜殺しの娘となれば、竜では勝ち目がないからな』

ブリュンヒルドが軽口を叩《たた》いたのは、自分が竜に対して無敵だとわかっているからだった。

翌日、起きてすぐにブリュンヒルドは研究を始めた。その姿を琥珀《こはく》色の竜はじっと見ていた。

竜は姫に干渉しようとはしなかった。

相手の暮らしを邪魔しないといった手前、ブリュンヒルドも話しかけなかった。

ブリュンヒルドがやってきて三日が過ぎた。

琥珀《こはく》の竜はこの三日、言葉をかけるわけでもなくただただブリュンヒルドを見つめていた。

しびれを切らしたブリュンヒルドが言った。

『……用があるなら、話しかけてくれないかな』

竜は答えた。

『研究に集中しているのに邪魔などできん』

『気が散るんだよ。そんなにずっと見られていると』

ブリュンヒルドは手にしていた本を書架に戻すと竜の下へ歩いていく。そして、ずいと顔を近づけて言った。

『私なんか見てて楽しいのかい？』

『楽しいな』

竜は間髪を容れずに答えた。

『地下に封印されて百年近くになる。私に会いに来るものは誰もなく、私が外に出ることもなかった。退屈していたところに現れたのがお前だ。何気ない一挙手一投足さえ私には刺激的だ。しかも見目麗《みめうるわ》しい女性なのだから、見ていて飽きるわけがない』

『あらら……』

ブリュンヒルドの頬に微《かす》かに朱が差した。

『竜という生き物は高潔で、女を口説いたりしないと聞いていたんだけどね』

『私は純粋種の竜ではない。元は人間だ。美しい女なら口説きもする』

竜は尋ねる。

『お前の方こそ何故《なぜ》こんな地下室に閉じこもる？　花の命は短いのだぞ。陽の光を浴びて、男と遊んでくるべきだ』

『少し、疲れちゃったよ。男というか人間と関わるのは……』

ブリュンヒルドはこの研究所に来た経緯を話した。

自分が姫であること。女王に即位するはずだったが、『蝕《むしば》み』によって断念しかけていること。王位継承の目がなくなった途端、周囲の人間が自分を見限り出したこと。

『だから、ちょうどいいと思ったんだ。竜が封印された地下室は。……人から離れたかった』

『生憎《あいにく》だな。私は竜の姿をした人間だ。お前の望む竜は、楽園エデンにしかいないだろうよ』

ブリュンヒルドは俯《うつむ》いて言った。

『そうだね』

それが少し寂しそうに見えたからか、竜は気を遣って続けた。

『……まあ、私は人間ではあるが浮世を離れて久しい。人の地位や金に興味はない。お前が女王になろうがなるまいが、私にはどうでもいいことだ。お前が望む高潔な竜の真似事《まねごと》もできないことはないだろうよ』
　ブリュンヒルドは小さく噴き出した。
『ふりとわかっている高潔さに、意味なんてあるのかな』
『私にもわからぬ』
　ブリュンヒルドは言った。
『そういうことなら、あなたは私を見限ったりはしないだろうね』
『しないさ。百年ぶりに得た話し相手でもあるからな』
『琥珀《こはく》の竜、あなたの名前は？』
　竜はベルンシュタインと名乗った。人間だった頃の名前だった。

　それからブリュンヒルドとベルンシュタインは色々なことを話すようになった。

　ブリュンヒルドの話題は、妹のことが多かった。何の話題を話していても、ほとんど妹につながる。ブリュンヒルドがいかに妹を大事にしているのか、ベルンシュタインにはよくわかった。

『妹を助けるために私が女王にならないといけないんだ。『蝕《むしば》み』を治して……』

　ベルンシュタインはその研究に協力しようと思った。姉妹愛に心を打たれていた。

　それに、ベルンシュタインは初代女王に恩義がある。彼はかつて竜殺しに殺されかけていたことがある。相手は少年の竜殺しだった。窮地に陥っていたベルンシュタインの命を救ってくれたのは他でもない初代女王だったのだ。

その初代女王の子孫が困っているのだ。力を貸さないわけにはいかない。

『私の血と鱗《うろこ》を分けよう。竜の血は猛毒だが、希釈して使えば薬となる。鱗《うろこ》も煎じれば良薬になろう』

ベルンシュタインの申し出は、ブリュンヒルドにとって非常に有《あ》り難《がた》かった。竜の血と鱗《うろこ》にはまだ解明されていない神秘の作用がたくさんあった。

『ありがとう、ベルンシュタイン』

何度も試行錯誤を繰り返しながら、ブリュンヒルドは『蝕《むしば》み』を治す薬を作り上げていった。

一年の月日が経過し、研究漬けの姫は十六歳となった。

『蝕《むしば》み』を治す試験薬がついに完成した。

しかし、タイムリミットも迫っていた。

三日後に、正式な王位継承者を決める日が来るのである。

完成した試験薬を持つブリュンヒルドの手は震えていた。

『これが効かなかったら、私は……』

ベルンシュタインが勇気づけるように言った。

『効くに決まっている。一年間、この薬のために費やしてきたのだから』

ブリュンヒルドは力なく笑う。

『気休めにもならない鼓舞だね……』

『気休めなどではない。私は一年間、お前の努力を見てきたのだから。だが、飲まないというならそれはそれで助かる。『蝕み《むしば》』が治ってしまえば、お前はこの地下に来なくなってしまうわけだからな』

話し相手を失いたくない気持ちがベルンシュタインの中には確かにあった。

『私とずっと一緒にいたいなら、飲まなくていいと思うぞ』

『ずっと一緒にいたくはないけど………治ってもたまになら会いに来るよ』

覚悟を決めて、ブリュンヒルドは試験薬を飲み干した。

それでいいとベルンシュタインは思った。

後は薬が効くのを待つだけ。一年の努力の集大成である薬が……。

だが、
ブリュンヒルドが咳《せ》き込んだ。口元を押さえた手には、血がついていた。

薬は効かなかった。

ブリュンヒルドの落ち込みぶりといったらなかった。

地下室の椅子に座り、ぼーっと部屋の隅を眺めるようになってしまった。あれほど熱中した研究にももはや取り組まない。机の上に転がる実験道具や読み止《さ》しの書物が物悲しかった。

ベルンシュタインがどんな言葉をかけても無駄だった。人形のように、言葉の一つも発さない。そもそもどんな言葉をかければいいのかも思いつかない。一年間、彼女の努力を見てきた。それが無に帰したのだ。

三日が過ぎて、ようやくブリュンヒルドが口を開いた。

「ごめんね。クリムヒルト。あなたを女王にしてしまう……」

ベルンシュタインは、ブリュンヒルドを元気づけるチャンスだと思った。

『ブリュンヒルド。今度は、自分のために生きてみてはどうか。『蝕《むしば》み』を治す薬を作るもよし、残りの人生を楽しむのもよしだ。少なくとも、この薄暗い地下に閉じこもっているよりはいいだろう』

ブリュンヒルドは答えた。

『ベルンシュタインこそ、だよ』

『私が？』

ブリュンヒルドはドレスのポケットから宝石を取り出した。サファイアのネックレスで、宝石部分に古の文字が彫られていた。

それを竜の首にかけた。

そして、ブリュンヒルドは目を閉じた。

途端、ベルンシュタインの体が発光を始めた。

光る竜のシルエットが、人型へと形を変えていく。

「なんと……」

光が消えた時には、ベルンシュタインは人間の姿になっていた。遥《はる》か昔に失った自身の姿だった。

傍《かたわ》らにある鏡に映る自分を見ながら、ベルンシュタインはぺたぺたと顔に触れた。

「竜の秘術の中にはね、人に姿を変えるものがあるの。君は純粋種の竜じゃないから知らなかったみたいだけど。私の旧家にある竜の書を紐いて、その術を宝石に彫り込んでみたんだ」

ベルンシュタインの首下でサファイアがきらめいている。

「本当はさ、一緒にこの地下を出るつもりだったんだ。私は『蝕《むしば》み』を治して、君は人の姿に戻って。でも、私だけうまくいかなかったなぁ……」

目を閉じたまま話すブリュンヒルドの声は震えていた。閉じられた瞼《まぶた》から涙が滲《にじ》み出《で》てきていた。泣くのを堪えるために目を閉じたのだが、無駄だった。

それでベルンシュタインも泣きそうになった。涙がこみ上げるこの感覚も随分と久しぶりだった。竜の体は涙を流せる構造になっていないから、泣きそうになることも百年近くなかった。孤独でどれだけ寂しさを感じようとも、瞳は潤みさえしなかったのだ。

「さあ、お行きなさい、ベルンシュタイン。君はもうどこへでも行けるのだから」

「……行けるわけがないだろう」

人の声でベルンシュタインは答えた。

自分に人の姿を取り戻してくれた少女。彼女を置いていっては、どこへ行っても楽しめるわけがないし、そんなことは人の行いではないとベルンシュタインは思った。

「ブリュンヒルド。お前は姫なのだろう。ならば、私を従者にしてくれ。お前の命が尽きる時まで支えたいと思う」

ブリュンヒルドは苦笑した。

「本気で言ってる？」

「笑えない冗談は好きではない」

「物好きな人……。まあ、いいよ。どうせ少しの間の務めだしね」

こうして竜は、ブリュンヒルドの従者となった。

「必ずお前の役に立とう」

「改めてよろしくね、ベルンシュタイ……ン……」

それまで目を閉じていたブリュンヒルドが、ゆっくりを瞼《まぶた》を開く。そしてベルンシュタインを見て、言葉を失った。

ブリュンヒルドは耳まで真っ赤になって、俯《うつむ》いた。ベルンシュタインから視線を外す。

ベルンシュタインが裸だったのだ。

考えれば当たり前だった。竜は服を着ていない。それが人の姿に戻ったなら、服など着ているわけがない。

「と……殿方の裸を初めて見た……」

彫像のような筋肉質な体を前に、ブリュンヒルドは頭の中が真っ白になっていた。

「とりあえず学者用の服を借りてきてあげるね……」


二人は一緒に学院を出た。

ブリュンヒルドは敢《あ》えて遠回りして離宮への道を歩くことにした。百年ぶりに町を歩くベルンシュタインのことを思ってのことだった。

人間となったベルンシュタインは二十代中頃の男性だった。特徴的なのは、切れ長で涼しげな眼《め》。なるほど、女性が放っておきそうにもない端整な顔立ちをしている。初めて会った時、口説く口説かないという話をしていたのをブリュンヒルドは思い出していた。

「しかし百年経《た》つと、さすがに町並みも全然違うな」

辺りをきょろきょろ見渡す姿は、まるで少年のようだった。

(百年ぶりの外界だもの。無理ないけれど……)

目がキラキラと輝いている。ブリュンヒルドは微笑《ほほえ》ましくなった。

「料理屋があるな。是非とも寄りたい」

ベルンシュタインが指を指しているのは、肉料理屋だった。ちょうどブリュンヒルドも肉を食べたいと思っていた。このところ、籠り気味だったから力の付くものを体が欲《ほっ》していた。

「うん。寄ってこうか」

肉料理屋に入り、ふたりともたくさんの肉料理を注文した。

料理を流し込むように食べているベルンシュタインにブリュンヒルドが尋ねる。

「君は、人間を恨んでいないの？」

ベルンシュタインは首を傾《かし》げた。

「何故《なぜ》？」

「だって、そうでしょう。竜の姿をしているというだけで、長い間地下に閉じ込められていたんだから」

「そうだな。怒りはある」

口ではそう言いながらも、ベルンシュタインの口調には怒気の欠片《かけら》もない。どこか飄々《ひょうひょう》としている男だった。

「百年前に私が受けたのは差別だった。人々は私が何を言おうと……尤《もっと》も言葉は通じなかったのだが……聞く耳を持たずに私を殺そうとした」

「だったら」

「けれど、百年前に私は愛も授かった。お前の先祖、初代様からの愛だ。あのお方だけは私を守って、匿《かくま》ってくださった。女王様がお亡《な》くなりになるまでは、私は王城に住んでいたのだ。時間にすれば数年ほどの僅かな時間だがな」

ベルンシュタインは柔らかな目つきをした。

「王城から見えた景色をよく覚えている。見下ろした町には、私を差別した人間であふれかえっているはずだが、それでも美しかった」

「敬愛する初代様が創り上げた国だからだね」

「それもある」

「なら……」

ブリュンヒルドは少し力ない声で言った。

「今の王国は、気に入らないかもしれないよ。初代様以降、女王は劣化していくばっかりだ。この王国もそう」

異国からの襲撃が増え、差別も復活の兆《きざ》しを見せ始めている。

現王政への不満から、民の心も昔に比べれば荒《すさ》んでいた。

「地下にいた方が幸せだったかも」

けれど、ベルンシュタインは言った。

「私がこの王国を好きなのは、初代様が作り上げた国であることだけが理由ではない。私は、そもそも人間が好きなのだ。人間は愚かだが、それ故に愛おしい」

愚かゆえに愛おしい。それを聞いたブリュンヒルドは正直に言った。

「よくわからないよ」

ベルンシュタインは笑った。

「正直でよい。その歳《とし》でわかると言ったなら嘘《うそ》だろう。歳《とし》を重ねれば、いずれわかる時が来るかもしれぬな」

「そういうものかな」

ベルンシュタインは窓の外の町並みを見て言った。

「そういうものさ」

「故に、この王国は今も美しい。変わりゆく姿さえも。それは人が生きている証《あかし》なのだから」

そう言うベルンシュタインの姿が、ブリュンヒルドには高潔な竜に見えた。今は、宝石の力で人の姿に戻っているというのに。

食事を終えた二人は離宮へと向かう。

ブリュンヒルドは久しぶりに明るい気持ちを取り戻せていることに気付いた。同時に、このところ塞ぎ込んでばかりだったことにも。

「ありがとう、ベルンシュタイン」

「何のことかな」

「君と町を歩けたおかげで、少し元気になれたみたい」

「礼を言われることではない。私はただ、麗《うるわ》しい乙女と町歩きをしたかっただけなのでな」

この軽薄ささえどうにかできたらなぁとブリュンヒルドは苦笑した。


クリムヒルトはずっと自分が不甲斐《ふがい》なかった。

姉のように才覚があるわけもないし、気弱だし、元気も少ない。何より嫌なのは、姉に助けられてばかりいることだった。

一度くらいは姉の助けになりたいとずっと思っている。

その姉が、『蝕《むしば》み』に倒れた。

助けになるなら、今しかあるまい。クリムヒルトは姫としての権限を全て用いて、姉を治す手段を探した。次期女王として有力視されるようになっていたクリムヒルトの周りには、言うことを聞く臣下がたくさんいた。そういう下心のある人間には、本心で言えば頼りたくはなかったが、姉を助けるためと思って頼った。

国内はもちろん、国外にも姉を治す手段を求めた。

だが、結果として『蝕《むしば》み』を治す手段は一つも見つからなかった。

戴冠式を二日後に控えた今日の夜、姉が離宮へ戻ってくる。姉はこの一年間、学院で『蝕《むしば》み』を治す研究をしていたが、そちらの試みもうまくいかなかったらしい。治療法を見つけて姉を迎えられたらよかったのにと、クリムヒルトはまたも自分に失望した。

それはちょうど、ブリュンヒルドがベルンシュタインと昼食をとっているのと同じ時間帯での出来事だった。

自己嫌悪《けんお》の中にいるクリムヒルトの下へ、男がやってきた。

男は名をウォレンといった。

「姫様、失礼いたします」

言って、ウォレンがクリムヒルトの私室へと入ってきた。

ウォレンは老臣である。初代女王から五代目である現女王まで仕え続けてきた男だ。いくら歴代の女王が短命とはいえ、少なく見積もってもウォレンの年齢は八十を超えている。けれど、見た目は年の割に若々しく、五十代と言っても通じそうだった。背筋はしゃんとしており、背も高い。目じりと眉間に深い皺《しわ》が刻まれている。ウォレンの目つきは鷹《たか》のように鋭かった。

突然の来訪に驚いたクリムヒルトが尋ねる。

「ウォレン、どうして離宮に？」

ウォレンは摂政《せっしょう》であり、女王の側近でもある。五代目女王が即位した時から片時も離れずに奉仕を続けていると聞いている。そのウォレンが、病床の女王を置いて離宮にやってきたのをクリムヒルトは不思議に感じた。

「お渡しする物があります」

ウォレンは身を包む長いコートの下から、一振りの剣を取り出した。ウォレンがそれを鞘《さや》から抜く。吸い込まれるように美しい刀がきらめいた。

「癒《いや》しの細剣と呼んでおります。人を傷つけるための刃ではありません。人を癒《いや》すための刃です。異国のまじないが施されたこの剣は、魔を祓《はら》い、持ち主の病を弱めるのです」

不思議な話だが、なるほどとクリムヒルトは思った。この剣の温かな色合いの刀身は、癒《いや》しのまじないが施されていると信じさせるような説得力を有していた。

ウォレンは剣を鞘《さや》にしまうと、クリムヒルトへと差し出した。

「歴代の女王陛下は、皆この剣を携帯しておりました。この癒《いや》しは稀有《けう》なことに『蝕《むしば》み』にさえ効果がある。この剣無くしては、どの女王陛下も三十を待たずに亡《な》くなられていたはずです。五代目女王様からあなたへ渡すように仰《おお》せつかって参りました」

「どうして、私に？　この剣が『蝕《むしば》み』に効果があるならば、病床の母上こそが持つべきです」

「この剣は、『蝕《むしば》み』の症状を癒《いや》しますが、完治させることはできないのです。もはや自分が持っていても詮がないと陛下はご判断されました。ならば、次なる女王であるクリムヒルト様にこそ」

クリムヒルトは細剣を受け取った。

勘違いかもしれないが、細剣から母の温情を感じられるような気がした。

「母上……」

涙もろいクリムヒルトは泣きそうになったが、それを抑え込む。もう弱い自分でいたくないと思って以来、自分が泣くことを禁じている。

「クリムヒルト様には、一日でも長く生きていただきたいと私も思っております」

ウォレンは続ける。

「そして一日でも長く、王国に尽くしていただきたい。畏れながら、それが女王の責務なのです。……在りし日の王国、その栄光を守護すること。それが歴代の女王陛下にお仕えし続けてきた私の願いです」

クリムヒルトは誠実な気持ちで答えた。

「私にできる全てを行います」

それを聞いて、ウォレンはクリムヒルトに背を向けた。用件を終えたらしい。

部屋を出ていこうとするウォレンの背中に、クリムヒルトは言った。

「ウォレン、ありがとう」

ウォレンは一瞬だけ立ち止まったが、振り返ることなく部屋を後にした。


夜になると、離宮にブリュンヒルドが戻ってきた。

クリムヒルトはすぐにブリュンヒルドの私室へと向かった。

「おかえりなさいませ、姉様」

部屋に入ってきたクリムヒルトをブリュンヒルドが出迎える。

「ただいま。ちょうど私も会いに行こうと思っていたところだよ」

ブリュンヒルドは俯《うつむ》いて言った。

「……ごめんね。『蝕《むしば》み』の治療のこと、結局ダメだった」

「姉様が謝ることではありません。私は私なりに女王となる覚悟は決めているのですから。……私こそごめんなさい。姉様の助けになるようなことは何もできませんでした」

クリムヒルトには薬学の知識などないし、彼女は次期女王としてこの一年で様々な修行を積まされていた。姉妹はここ一年間はなかなか会えずにいた。

ブリュンヒルドはクリムヒルトを見つめる。それはいつかと同じように、ここではないどこかを見つめた遠い目だった。彼女の目には、クリムヒルトが女王となった未来が見えている。それがあまりよくないものであることも。

その視線に気付いたクリムヒルトが言う。

「姉様。そんなに心配そうに私を見ないでください。私だって、もう十五です。姉様に守られるだけの妹ではないんです」

「けれど……」

「そんなに私のことが信じられませんか？　信じてください、あなたの妹ですよ」

クリムヒルトにしては珍しく力強い声だった。

ブリュンヒルドが研究漬けになっている間にクリムヒルトが決めたことがある。

もう姉様に心配をかけるのはやめよう。

あの優しい姉は、自分の命が危うい状況でも妹のことばかり心配している。それは嬉《うれ》しいけど、それ以上に悲しい。

自立する時だ。

自分を見つめてくる妹の眼《め》には強い決意が漲《みなぎ》っていた。それでブリュンヒルドは理解した。

自分の妹が気付かないうちに強くなっていたこと。

妹を信じたいと思わせるだけの力強さがあった。

「信じるよ、クリムヒルト。私の眼《め》に映る薄暗い未来なんて、きっと吹き飛ばして見せて」

「はい。必ず。そして今度は、私が姉様を助けます」

クリムヒルトは続けた。

「今の私には女王になったらやりたいこともあるのです。王国の騎士たちを自由に動かせるようになったなら、楽園エデンを攻略したいと思っています。そこに生《な》る『生命の果実』ならば、姉様の『蝕《むしば》み』も必ず治せるはずですから」

「クリムヒルト……」

それから二日後、クリムヒルトの戴冠式がやってきた。

午前中に、クリムヒルトは離宮を出る。

今日までクリムヒルトは離宮で生きてきた。随分前に出来たしきたりで、姫はみな、離宮にしか住むことが許されないのだ。女王だけが王城に住むことを許される。

離宮を発《た》つ前に、ブリュンヒルドが門まで見送りに来てくれた。それがクリムヒルトには嬉《うれ》しかった。

「王城で臥《ふ》せっている母上の見舞いを頼むよ、私の分も」

「ええ。姉様も心配していたとお伝えします」

二人の姉妹は、今日まで母に見舞いの一つもできなかった。余程容態が悪いのか、面会は禁じられていたのである。もっとも幼い頃から母とはほとんど接触を持てなかった二人なので、会えないのはいつものことではあった。

ブリュンヒルドはクリムヒルトの額に口づけし、妹の門出を祝った。

「あなたの治世が明るいものであらんことを」

クリムヒルトも口づけを返した。

「姉様、お渡ししたい物があるのです」

クリムヒルトは、何かを取り出して渡した。

癒《いや》しの細剣だった。

「これを姉様に。命を奪うための剣ではありません。命を守る剣なのです。魔を祓《はら》い、持ち主を守ると言われています。姉様の『蝕《むしば》み』を治すことこそできないでしょうが、和らげることはできると思います」

ブリュンヒルドは目を見張る。

「すごい。一目見るだけでも霊験《れいげん》あらたかなものだとわかるよ」

ブリュンヒルドは細剣を受け取ると胸に抱いた。

「ありがとう。肌身離さず持つよ」

「そうなさってください。持っていないと、効果を発揮しないようですから」

「一体どうやって手に入れたんだい」

クリムヒルトは微笑《ほほえ》んで答えた。

「異国に遣わした従者が手に入れたのです」

嘘《うそ》だった。正直に入手経路を話すわけにはいかない。歴代女王がその剣のおかげで『蝕《むしば》み』に抗《あらが》えていたことを話せば、姉は絶対にこの剣を受け取らない。健康のために妹が持っているべきだと言うに決まっている。

クリムヒルトの胸が少し痛んだ。姉に対して嘘《うそ》を吐いたこと、そして自分に剣を贈ってくれた母や、長生きしてほしいと言ってくれたウォレンへの裏切りのせいだった。この細剣を姉に渡すかどうかについては、クリムヒルトにも葛藤があった。渡すことで自分の寿命が縮まるかもしれないという葛藤ではない。自分に向けられた善意を裏切ることへの葛藤だ。戴冠式が行われるまでの丸二日をクリムヒルトは悩み、どうにか姉へ細剣を渡す決意を固めることができ

たのだった。

クリムヒルトの腰には、癒《いや》しの細剣に似た細剣が提げられている。国一番の鍛冶屋に無理を言い、二日で作らせた偽物《にせもの》の細剣だ。王城に着いた後、母とウォレンの目を欺くための物。

罪悪感がクリムヒルトに少しだけ罪を吐露させる。

「……少し、悪いこともしました。その剣をお渡しするために」

ブリュンヒルドは驚く。どんな悪いことをしたかは知らないが、妹の口から「悪いことをした」なんて言葉が出てくるとは思わなかったのだ。

クリムヒルトは顔色をうかがうような上目遣いで言った。

「お許しください、どうしても姉様に元気になってほしいが故の悪事なのです」

たまらなくなって、ブリュンヒルドは妹を思いきり抱き締めてしまった。

「今日から女王になるというのに、こんなに可愛《かわい》らしくていいのかしら」

ブリュンヒルドは長いこと、クリムヒルトを離さなかった。

長い抱擁を終えた後、クリムヒルトはようやく王城へ向かうことができた。

王城の一室では、老臣ウォレンはクリムヒルトの来訪を待っていた。

手には鈍色の王冠。

戴冠式でウォレンは手ずから戴冠を行う。

ウォレンは、手の内にある王冠をじっと見つめていた。そしてポツリと呟《つぶや》いた。

「初代様」

やがて、騎士がウォレンの部屋にやってきて報告した。

「クリムヒルト様がご到着されました」

ウォレンは王冠を手に、玉座の間へと向かう。

その後、戴冠式が行われた。

クリムヒルトは女王となった。


クリムヒルトが王城へ移って二週間が過ぎた。

その間、クリムヒルトがブリュンヒルドに連絡をよこすようなことはなかった。ブリュンヒルドもクリムヒルトへの干渉はしなかった。慣れない女王の公務で大変だろうと思ったからだった。

ある夜、ブリュンヒルドは、自室のベッドで仰向けになっていた。

ベッドの傍《かたわ》らには、妹から貰《もら》った細剣。まるで妹の代わりのように、毎晩抱いて寝ていた。

そのおかげで、ブリュンヒルドはここ数日、すこぶる体調が良かった。片時も手放さないことで、細剣の癒《いや》しの力は最大限に発揮されていたのだ。

「姫様」

ノックと共に呼びかけられる。

「入りなさい」と返す。声で誰が来たかは分かっている。

扉を開けて入ってきたのは給仕《きゅうじ》服に身を包んだベルンシュタインだった。人の姿を得てから、侍従としてブリュンヒルドの身の回りの世話をするようになっていた。料理を乗せた銀のカートを押している。

「お夕食をお持ちしました」

侍従となったため敬語を使うベルンシュタインにブリュンヒルドは言う。

「二人きりの時は敬語なんて使わなくていいよ。なんだか慣れないし」

共に地下室で過ごしていた時、ベルンシュタインはブリュンヒルドに敬語を使わなかった。侍従になったとはいえ、今更敬語を使われるとどうにも据わりが悪い。

「では、そうしよう」

ベルンシュタインがテーブルの上に料理を乗せていく。

それらの料理を見てブリュンヒルドはげっそりした。

果物や野菜を中心とした体にいいとされるものばかりだ。

「食べなくてもいい……？」

ブリュンヒルドは偏食だった。

「どうせ食べなくても死なないし」

『神の力』に守られているブリュンヒルドは、飢餓で死ぬこともない。彼女を殺せるのは『蝕《むしば》み』だけだ。

「よいから食べなさい」

ベルンシュタインはブリュンヒルドの言葉など聞いていないかのように料理を配膳していく。

ベルンシュタインはブリュンヒルドに健康になってほしいと思っていた。果たして果物や野菜がどれだけ『蝕《むしば》み』に効果があるかはわからないが、それでも僅かでも体調が良くなる可能性があるなら実践しようと考えているのである。

ブリュンヒルドにも一応それはわかっている。

「……仕方ない。食べてあげよう」

果物と野菜は嫌いだ。けれど、ベルンシュタインの気遣いは好きだった。

（もし私に父様がいれば、こんな風に優しくしてくれたのかな）

ベルンシュタインは銀のスプーンでフルーツヨーグルトをすくうとブリュンヒルドの口の前に差し出す。口を開けろと言っているのだ。

ブリュンヒルドは大人しく口を開いた。

それでブリュンヒルドは気付いた。自分は少し、ベルンシュタインに甘えているらしいこと。

両親が不在なのだから、自分が妹を守らなければならない。自分がしっかりしなければいけないと己を律して生きてきた。だから、幼い頃から人に甘えることができずにきたのだ。けれど、今は少しだけ状況が違った。

ベルンシュタインに甘えている間は、気持ちが楽だし、心地よかった。

ブリュンヒルドが食事を終えた頃。

離宮の門の前に、長剣を携えた者がやってきた。

番兵がその者に気付いて、槍《やり》を手に呼びとめる。

「待て。どこの者だ」

雲が厚い夜で、番兵にはその者の顔が良く見えなかった。

雲がわずかに途切れた。雲間から射《さ》す月光が、剣を持つ者の顔を照らし出す。

「し、失礼いたしました！」

番兵は謝罪し、姿勢を正す。

だが、その者にとって番兵の態度はよほど気に入らなかったのだろうか。

長剣が抜かれていた。

真夜中を駆ける、雷火のような剣閃《けんせん》。

番兵は斬られ、倒れた。肉の焼けるような臭いが立ち込める。

その者が持つのは、黄金に輝く剣。それは鎧《よろい》すら焼き斬る刃。

別の番兵が、驚きながら武器を構える。

「ご乱心めされたか……！」
黄金の長剣は音もなく番兵を斬り捨てていく。訓練を受けた兵士が十人近く駆け付けたが、その者に傷ひとつつけることすら叶《かな》わなかった。
迫ってくる兵を全て斬り伏せて、
その者は、離宮へと足を踏み入れる。

宮中が騒がしくなった。喧騒《けんそう》はブリュンヒルドとベルンシュタインにも聞こえてくる。

「何事……」

警戒していると、バンと扉が叩《たた》かれた。

入ってきたのは離宮の老執事だった。

「ブリュンヒルド様……。お逃げを……。襲撃者が……」

そこまで言うと老執事はうつぶせに倒れた。背中が深く斬られていた。ブリュンヒルドが近付いた時には、老執事はこと切れていた。

ベルンシュタインが訝《いぶか》しむ。

「襲撃者、となﾞ」

「姫を攫《さら》いに異国の者が襲ってきたのかもしれない。数年前にもあった」

「ならば、窓から逃げようか」

「いや、迎え撃とう」

数年前に襲われた時とは違う。今のブリュンヒルドには戦う力がある。離宮の者たちに思い入れはあまりないが、だからといって無暗《むやみ》に殺されていいとも思えない。ブリュンヒルドは細剣を腰に差して、テーブルを立った。

「私も手伝おう」

ベルンシュタインの体が光る。次の瞬間には、琥珀《こはく》の竜の姿になっていた。ブリュンヒルドから貰《もら》ったネックレスの効力をベルンシュタインは自在に操れるようになっていた。ネックレスさえしていれば、人の姿になるのも、竜の姿になるのも自由だ。

準備運動のように、ブリュンヒルドの右の指の間でバチバチと稲光が走った。

死なない体に、竜をも必殺する武器。さらには竜の従者。

襲撃者に勝ち目などあるはずがなかった。


姫と竜は周囲を警戒しながら離宮の回廊を歩いた。

あちこちで宮仕えの者の死体を見た。兵士だけでなく召使いの死体も無数にある。けれど襲撃者の死体が一つもないのが気がかりだった。正規の兵士を相手に一人の犠牲も出さずに戦っているなど、よほどの手練《てだ》れの集団なのか。

戦いの音が大きくなる方へ近づくにつれ、焦げ臭さが漂い始めた。

大広間に至った。ぽつぽつと火の手が上がっている。木製の机や椅子が燃えていた。

そこに襲撃者と思《おぼ》しき者がいた。ちょうど兵士を斬り捨てているところだった。

襲撃者はこちらに背を向けていた。顔はわからない。

だが、何者かは倒してから検めればよい。

ブリュンヒルドは手に編んだ雷霆《らいてい》を襲撃者に向かって放った。雷霆《らいてい》は竜への特効兵器だが人間にも有効である。高エネルギーが敵を焼いてくれる。

放った雷霆《らいてい》は必殺にして不可避。襲撃者の命運は決まっていた。

はずだった。

襲撃者は振り向きざまに剣を振った。雷霆《らいてい》はその刀身とぶつかると打ち消された。

「な……」

ありえないことだった。

どれだけの業物《わざもの》であろうと、人が作った武器では雷霆《らいてい》を打ち消すことなどできはしない。

振りぬかれた剣。その刀身もまた、雷霆《らいてい》と同じ色の光を放っていた。

熱を帯びた剣から、焔《ほのお》が絨毯《じゆうたん》に移って燃え上がる。大広間は瞬く間《またたくま》に火の海へと変わった。

赤い海の中に、一点だけ黒い輪郭が浮かんでいる。

それは女だった。酷《ひど》く見慣れた背格好だった。

「……まさか」と呟《つぶや》くブリュンヒルドの声は激しく動揺していた。

馬鹿な。そんなはずが。

振り向いた襲撃者は、ブリュンヒルドの妹と同じ顔をしていた。

「クリムヒルト……？」

「姉様……、ああ、やっと見つけた」

声もクリムヒルトと同じ。

「クリムヒルト……なの？」

「他の誰に見えますか」

見間違いではない。そこにいるのは間違いなくクリムヒルトだった。

「これは……あなたがやったの？」

散らばる死体を見てブリュンヒルドは問う。

「ええ。私の邪魔をするので……。でも、そんなことはどうでもいいのです」

クリムヒルトは、使用人たちの死を「そんなこと」という雑な言葉で切り捨てた。

「姉様、お願いがあって参りました」

虚《うつ》ろな目のクリムヒルトは言う。

「死んでくださいませんか」

ブリュンヒルドは言葉を失った。どうしても目の前の女がクリムヒルトに見えなかった。あの可愛《かわい》い妹が自分に死ねなどと言うはずがない。言うにしたって理由があるはずだ。

「クリムヒルト、何があったんだい。王城で何かあったのかな。話してくれないか」

「王城に赴き、私は女王となりました。そして、知ったのです。歴代の女王の責務を。私も女王の一人として責を果たさねばなりません。姉様の命が必要なのです」

クリムヒルトが長剣を手に踏み込んできた。動きはあの穏やかなクリムヒルトとは思えないほどに速かった。

剣を振り抜く前にクリムヒルトが囁《ささや》いた。

王国に身を捧《ささ》げなさい――。

ブリュンヒルドが動かなかったのは、妹が自分を斬るはずがないと確信していたからだ。

だから、斬られた。

袈裟《けさ》斬《ぎ》りにされている。噴き出す鮮血。自分の体が花のように開いていくのが眼下に見えた。

その光景はゆっくりと流れていく。

ブリュンヒルドは自分が死んだことを理解した。

ブリュンヒルドの体は神の恩寵《おんちょう》を授かっている。人間の武器で殺すことはできない肉体だ。

しかし『神の力』で作られた武器ならば殺すことができる。クリムヒルトの持つ黄金の剣はまさにそれだった。属性としては、ブリュンヒルドが撃つ雷霆《らいてい》と同じものである。これでつけられた傷は再生しない。

目玉を動かして体を見下ろす。笑ってしまいそうなくらいに傷は深い。体の太い血管や臓器が両断されているのが見える。赤い血をまき散らして崩れていく自分の体。まるで作り物のようだった。

「クリム……ヒルト……」

ブリュンヒルドが最後に見たのは、無感情に自分を斬り殺した妹の顔だった。

『ブリュンヒルド……！』

竜が翼で大気を叩《たた》く。烈風のようにブリュンヒルドへと駆け寄り、その身が床に触れる前に咥《くわ》えた。姫を咥《くわ》えたまま、剣を振り下ろし終えたばかりのクリムヒルトと向き合う。

竜の双眸《そうぼう》がクリムヒルトを睨《にら》んだ。その眼《め》は憎悪《ぞうお》に燃えている。

クリムヒルトが剣を構え直す。迎撃の構えだった。ベルンシュタインが自分を倒すために襲ってくると踏んでいた。一歩でも踏み込んでくれば、聖剣の一太刀がすれ違いざまに竜を焼き斬る。

だが、竜は攻めなかった。

クリムヒルトへの憎悪《ぞうお》よりも、ブリュンヒルドを助けることを優先したのだった。

姫を咥《くわ》えたまま、後ろへと飛ぶ。翼をはためかせ、烈風と共に舞い上がった。

背後のステンドグラスを突き破って、そこから脱出するつもりなのだ。

竜が逃げようとしていることにクリムヒルトはすぐに気付いた。

即座に切り込むが、もう遅い。

竜は七色のガラスを割って夜空へと飛び去った。

聖剣は空ぶって、虹色の雨が降り注ぐ。

もはやどう足掻《あが》いても剣は届かなかった。

竜はクリムヒルトに背を向けると、さらに高くもっと遠くへと空を駆ける。

とにかく離宮から離れなければならない。すぐにクリムヒルトが追ってくるだろう。

琥珀《こはく》の竜は姫を咥《くわ》えて、夜空を高速で飛んだ。

そして離宮から離れた場所にある森に逃げ込んだ。

大木に姫をよりかからせて休ませる。

『ブリュンヒルド！　しっかりしろ、ブリュンヒルド』

呼びかけるが反応はない。

一生の不覚だった。襲撃者が目の前にいるとわかっていて警戒していたにもかかわらず、琥《こ》珀《はく》の竜は全然動けなかった。竜の肉体を持つが故に、竜殺しの剣を恐れてしまったのだ。竜という生き物は、本能的に『神の力』に恐怖する。純粋種の竜でないベルンシュタインも同じなのだった。

ブリュンヒルドの傷はあまりに深い。まだ微《かす》かに息があるのがおかしいくらいだ。瞬《また》きの後には死んでいるかもしれない。

悔しさのあまり、琥珀《こはく》の竜は呻《うめ》くように口走った。

『あってたまるか、こんなことが……』

ブリュンヒルドが妹に斬り殺されるなどということが。

地下室で聞いた。ブリュンヒルドが楽しそうに妹の話をするのを。

『蝕《むしば》み』を治そうとしていたのも、自分のためではない。妹が女王になった未来に不吉な影が見えるからと、妹を助けるために自分が女王になろうとした。だから『蝕《むしば》み』を治す必要があったのだ。寝る間も惜しんで薬の研究をしていたのも見ている。

何もかも妹のためで、妹のことが大好きだったのに。

そんな姉が、妹に殺されるなど。

こんなに悲しいことを琥珀《こはく》の竜は知らない。

けれど、竜の想《おも》いとは裏腹に、ブリュンヒルドの命の鼓動は弱っていく一方だった。

神様にでも縋《すが》りたい気持ちだった。

けれど、夜の森の中には縋《すが》るべき神すらいない。

自分が神様だったらと思った。けれど、ベルンシュタインはただの竜だ。

角があって、翼があって、尾があって、牙がある。それだけだ。

戦うことはできても、命を救うことはできない。

せめて竜に特有の無駄に長い寿命を、姫に分けられたらと思うのだが。

その時、琥珀《こはく》の竜の脳裏にブリュンヒルドの言葉が蘇《よみがえ》った。地下室で研究を行っている時に、こう言っているのを聞いたことがあった。

『竜の血には、未《いま》だに解明できてない不思議な効能がたくさんあるんだよ』

竜は賭けに出た。

長い爪で自分の喉を引《ひ》っ掻《か》いた。竜の血が溢《あふ》れ出《で》てくる。それをブリュンヒルドの傷口に垂らすように注《そそ》ぎ込んだ。

竜の血は、強大な生命エネルギーだ。死に瀕《ひん》している者にすら命を与えうる。けれど、それは極めて分の悪い賭けだ。

竜の血は猛毒でもある。一万人に浴びせたならば、九千九百九十九人が死ぬのだ。

琥珀《こはく》の竜は姫が生き延びる可能性に賭けた。

自分の血を注《そそ》ぎ込んでいく。命を分け与えるかのように。


ブリュンヒルドの意識は、真っ暗な闇の中にいた。

そこは寒くて、どんどん体が冷たくなっていくのを感じた。

怖くなって闇の中を走った。けれど、どこまでいっても闇が晴れることはない。

ついに諦めて倒れ込んだ。このまま自分は冷たくなっていくのだと思った。

だがその時、どこからともなく灯火が現れた。

火の灯《あか》りは、冷たくなっていたブリュンヒルドの体を温めていった。

瞼《まぶた》に温かいものを感じて、ブリュンヒルドは目が覚めた。

夜が明けて、陽光が差していた。瞼《まぶた》に感じたのは、陽射《ひざ》しの温かみだった。

なぜ生きているんだろうとブリュンヒルドは思った。斬られて死んだ記憶が彼女にはあった。

自分に寄り添うように琥珀《こはく》色の竜が眠っている。竜は喉に傷を負っていた。

自分の服を見てみる。乾いた血がこびりついていた。髪や肌も同じだった。色合いからして、それが人の血とは違うことは明白だった。

それでブリュンヒルドは、何があったかを理解した。

眠っている竜の頭を撫《な》でる。

『ありがとう、私の竜……』

近くに綺麗《きれい》な泉があったから、ブリュンヒルドはそこで体の汚れを落とした。

木の根本に戻ると、ちょうど琥珀《こはく》の竜が目覚めたところだった。

『己の幸運に感謝するのだな。分の悪い賭けに勝ってみせたのだ』

ブリュンヒルドはかぶりを振った。

『感謝するのは、幸運じゃなくて君にだよ』

『私は、毒を注《そそ》ぎ込んだだけに過ぎない』

あまりこの問答に意味はないなと思ったブリュンヒルドは、琥珀《こはく》の竜に近付くとその爪に口づけをした。自分にできる最大限の敬意の表し方だった。

琥珀《こはく》の竜はまんざらでもなさそうに言った。

『口づけならば、口にしてくれるとありがたいのだが』

『調子に乗らないの』とブリュンヒルドは卑《いや》しい竜を窘《たしな》めた。

琥珀《こはく》の竜は尋ねる。

『さて、この後はどうしたものか』

『いつまでも森にはいられないよ。町に降りるほかないでしょう』

『それでどうする』

『私は……クリムヒルトがどうして私を殺そうとしたのかを知りたい』

『やめておけ』

琥珀《こはく》の竜は、離宮を襲った時のクリムヒルトの目つきを思い出していた。暗く、虚《うつ》ろな目をしていて不気味だったのを覚えている。

『クリムヒルトにはもう関わるべきでない』

『私の勘もそう言ってる。でも、だからこそ何かしなきゃって思う。……もともと私は、あの子が女王となることに暗い何かを感じ取っていた。あの子が何か酷《ひど》い目に遭っているのなら、今すぐにでもどうにかしないと』

『私はお前の命を助けた。クリムヒルトがお前の命を狙っているのが明白である以上、彼女と関わることは、その命を捨てるのに近しい行いだろう。お前は、私の献身を無駄にするつもりか』

『あはは……。そこを突かれると痛いな』

ブリュンヒルドは苦笑した。

『それについては、ごめんねとしか言えないよ』

琥珀《こはく》の竜は嘆息した。こと妹に関して、ブリュンヒルドの決意を変えることはできないらしい。

『致し方ない。従者として大人しく同行しよう』

『まだついてきてくれるの？　君こそもう私に付き合う必要は……』

『私がいなければ、お前は早死にするだろうからな』

琥珀《こはく》の竜は翼を広げて飛び上がった。

『服を調達してこよう』

ブリュンヒルドのドレスは斬られていたし、ベルンシュタインは竜に変身したことで服を失っていた。

第二章

時は、戴冠式の当日までさかのぼる。

姉との長い抱擁の後、別れを済ませたクリムヒルトは離宮を発《た》った。

午後に王城に着いた。これからクリムヒルトを新たなる女王に迎える戴冠式が行われる。式は小規模で、王城の重臣しか参加が許されなかった。これが王国式なのだ。

変わっているなとクリムヒルトは改めて思った。諸外国を見ても、こんなに閉鎖的な戴冠式を行う国はほかにない。大抵は国を挙げて新たな君主を祝うものだ。

式の為《ため》、クリムヒルトは玉座の間へと迎えられた。

空っぽの玉座の前にクリムヒルトは跪《ひざまず》いた。わかっていたことだが、病床の母は式には出られなかった。式が終わったら、母の下へ向かおうとクリムヒルトは決意した。今日まで姉妹は母への見舞いを何度申し入れても断られてきたのだが、女王になりさえすれば止められるものは誰もいまい。

玉座の左右に重臣たちが並んでいる。

王国に名高い十二人の騎士と、それを率いる騎士団長アロイスがいた。
王冠を携えた老臣ウォレンは玉座の傍《かたわ》らに立っている。
全員が硬い表情をしている。
妙に暗い雰囲気が漂う中、戴冠式が始まった。
ウォレンが王冠を手にクリムヒルトの前にやってくる。
老臣の手の中で、王冠が鈍く光っている。
なんだか嫌な予感がした。神の眼《め》を持たないクリムヒルトですら感じられる悪寒《おかん》。
（いけない、これは……）
クリムヒルトはその場を離れようとした。
けれど、ウォレンが戴冠を行う方が速かった。
クリムヒルトに冠を戴《いただ》かせて、老臣は告げる。
「ご即位、おめでとうございます」
その瞬間、頭の中に声が響いてきた。
それは女の声で、クリムヒルトにこう命じた。
王国に身を捧《ささ》げなさい――。
途端、体の自由がうまく利《き》かなくなった。
「これは……」

戸惑うクリムヒルトの問いにウォレンが答えた。

「初代女王様のお声です」

ウォレンは低い声で説明を始めた。

「初代様は、一人の人間が大きな権力を持つことに強い恐れを抱いておいででした。かつて王国を支配していた悪竜がまさにそれであったためです。強大な権力を持った者が暴走すれば、王国の安寧はままならない。そこで初代様がお作りになられたのが、その王冠なのです」

初代女王の声が、クリムヒルトの体を目には見えない力で縛り付けていた。それでクリムヒルトは初代女王の不思議な言い伝えを思い出していた。

女王の魅惑的な声音は、聞く者の感情を揺さぶることができたという。全盛期においては、その声は神の命令として、全ての生き物を言葉のままに操ることさえできたと……。

クリムヒルトは王冠を外そうとした。けれど、触れようとすると手が動かなくなる。

「触れることも壊すことも叶《かな》いませんよ。それは王国の未来に仇為《あだな》す行為に分類されます。王国の未来に奉仕しない行為は、女王には禁じられているのです」

「初代様がこんなにも邪悪な王冠を作ったというのですか」

「ええ。……もっとも『王国に仇為《あだな》す行為』の範囲については、後世の改良によって解釈が広がっていますが」

それが問題なのだとクリムヒルトは理解した。この王冠はおそらく本来は王権の暴走を防ぐだけの役割しかなかったに違いない。それが後世の人間……口ぶりからしてウォレンによって改悪され、悪用されているのだ。

「母上が、どうして私たち姉妹の世話ができなかったのかわかりました……」

おそらくはこの王冠の奴隷となってしまったのだ。

クリムヒルトは自分の甘さを呪った。この王城には邪悪な思惑が渦巻いているらしい。

「ウォレン、答えてください。私にこんな王冠を被《かぶ》せて、何をさせようと言うのですか」

「歴代女王同様に王国に尽くすこと。そして……」

ウォレンは本題を口にする。

「あなたには、ブリュンヒルド様を殺してきていただきたい」

「何を言って……。なぜそんなことを……」

ウォレンは口元に手を当てる。

「さて、何から話したものか」

思案の後に口を開く。

「やはり『生命の霊薬』がこの王国から失われかけていることから話すべきでしょうね」

『生命の霊薬』は、あらゆる病魔を駆逐する万能薬だ。

この王国には広く浸透している薬である。

「『生命の霊薬』が失われかけている……？　そんな馬鹿なことがあるはずない」

クリムヒルトは強い言葉で反論した。

「霊薬は簡単に作り出せるのです。『神の力』を有している女王が水に触れれば、それは霊薬に変わるのですから。私だって女王となった今ならば、水を霊薬に変えられるのだと聞いています」

「そんな芸当ができたのは、初代様だけです。二代目以降が水に触れても、それが霊薬に変わることはありませんでした。『神の力』を体内に宿しても、初代様ほどうまく扱えなかった……」

「嘘《うそ》を吐かないでください。もしそうなら初代様の崩御後、七十年以上もの期間、霊薬を作り出せていないことになります。とっくに無くなっていないとおかしい。けれど、王国では未《いま》だに広く『生命の霊薬』が使われているではありませんか」

「それは、歴代の女王陛下の献身のおかげなのです」

ぞくりとした。

今の『献身』という言葉には、本来の意味とは違う禍々《まがまが》しいものを感じた。

「そういえば、クリムヒルト様は、先代女王への見舞いをかねてからご希望されていましたな」

ウォレンが丁重に、クリムヒルトを玉座の間の外へと促した。

「ご案内いたしましょう、先代様の下へ」

案内されたのは女王の私室とは別の、殺風景な部屋だった。

最低限の調度品すらない。狭い部屋に小さな寝台があって、そこに母が眠っていた。

「母上……」

おかしなものをクリムヒルトは感じ取ってはいた。この部屋はとても女王に相応《ふさわ》しい部屋ではない。いや、それどころか従者の部屋にも相応《ふさわ》しくない。生活臭が全くしないのだ。

だが、それらの違和感も今のクリムヒルトにはどうでもよかった。ずっと会えなかった母が目の前にいる。それも病に臥《ふ》せって。心配で仕方なかった。

寝台に駆け寄ったクリムヒルトは、母に声をかける。

「お久しぶりです。あなたの娘のクリムヒルトです。母上、お体は……」

クリムヒルトの言葉が止まった。

もはや声をかける必要はないと理解したからだった。

眼下にある母の不自然な寝顔。

目を毛布へと動かす。妙に平坦《へいたん》な毛布。

クリムヒルトは恐る恐る毛布をめくった。

もう泣かないとクリムヒルトは決めている。

弱い自分が嫌なのだ。

姉に助けられてばかりの自分が嫌なのだ。

強くなるために、泣くのをやめた。

そのはずだったのに。

「お……おお……」

クリムヒルトはその場にへたり込んだ。足腰に力が入らない。

涙がぼろぼろと溢《あふ》れてきて止まらなかった。

目の前にある恐怖は、クリムヒルトの健気《けなげ》な決心を容易《たやす》く砕いた。

体がない。

ベッドの上にあるのは、女王の首だけ。

毛布をめくった下には、何もなかったのだ。

あまりの恐怖に言葉が出ないクリムヒルトに、ウォレンが説明する。

「二代目以降の女王たちは、水に触れることで霊薬を作ることができなかった。故に、その身を霊薬に変えていただきました」

ウォレンの声がクリムヒルトの頭を通り過ぎていく。

近くで喋《しゃべ》っているのに、何故《なぜ》かとても遠くから聞こえた。

「今、王国で使われている霊薬は、歴代の女王の骸から作っています。『神の力』を宿した肉体を粉末にして水に溶かすことで、水を霊薬に変えることができた……」

「う……」

クリムヒルトは思わず口元を手で抑えた。生理的嫌悪《けんお》で吐き気を催したのだ。クリムヒルトだって、霊薬を口にしたことは何度もある。

「本来ならば女王たちの体は傷付かないのですが、死体になると神性が失われて刻むことができるのです。そうでなければ、生きたまま刻むのが最も効率的でしたが……」

「うう……！」

喉元にせりあがってきた吐瀉物《としゃ》を嚥下《えんか》しようとしたが、とても耐えられなかった。床の上に吐き出す。その様子や異臭さえ意に介さずにウォレンは説明を続けた。こうなることは想定していたようだった。もしかすると歴代の女王たちもクリムヒルトと同じ反応をしていたのかもしれない。

「本題はこれからです」

クリムヒルトが呻《うめ》いて、吐いても、老臣の言葉は止まらない。

「女王が代わる度、我々は先代の骸から霊薬を作ってきました。けれど、問題が起こったのです。一年前に先代女王が亡《な》くなられた時に……。あなたの母親の骸を粉末にして水に溶かしてみても、霊薬とならなかった。代を重ねる度に、女王たちの『神の力』への適性が劣化していたことが原因と思われます」

母は、本当は一年前に死んでいたらしい。

適性の劣化についてはクリムヒルトも心当たりがある。自分たちは初代女王のように神にも等しい力は有していない。体は無敵ではあるが痛みを感じるし、声だけで人を操ることだってできない。

「無用な混乱を避けるために女王の死を隠し、この一年間、先代の骸からどうにか霊薬が作れないか試し続けました。しかし、首以外を全て素材に変えてなお、一滴の霊薬すら作ることができなかった。遠からず王国から霊薬が失われてしまう。その前に、新たな霊薬の素を手に入れてきていただきたい」

「そんな……。霊薬の素材など一体どこに……」

「あなたの近くにありますよ。姉のブリュンヒルド様です」

重臣の言葉を理解するのに、時間がかかった。

「だから、あなたの姉であるブリュンヒルド様を殺してきていただきたいのです。我々では、神の子を殺すことはできませんから。姉の骸を我々の下へ持ってきていただきたい」

「ふざけないで……。そんなこと、するものですか」

だが、抗《あらが》おうとするとクリムヒルトの頭に激しい痛みが走った。まるで王冠が締め付けているかのようだった。

「う……ぐ……」

たまらずクリムヒルトはうずくまった。

「今のあなたには、王国の益を損なう行為はできませんよ」

「だ……黙りなさい……」

激痛に耐えながらクリムヒルトは言う。

「大体……母上の骸から霊薬が作れないなら、姉様の骸からだって作れないかもしれないではないですか」

「そうかもしれませんな。しかし、試してみなくては分からない。もとより霊薬の供給を維持するには、姉妹のどちらかを殺してみる他ありません」

「姉様を殺すくらいなら、このまま頭が割れて死んだほうがマシというものです」

一際《ひときわ》強く王冠がクリムヒルトを戒める。

あまりの痛みに悲鳴を上げて、クリムヒルトは気を失った。


それからクリムヒルトの闘いの日々が始まった。

寝ても覚めても頭が締め付けられるように痛い。

声が聞こえ続ける。

王国に身を捧《ささ》げなさい――。

その声はどうしようもなく甘美で、身を委ねたくなる力があった。クリムヒルト自身、気付けば『神の力』で生み出した長剣を引っ提げて離宮へ向かいかけているなんてことが何度かあった。その度に、頭の痛みに抗《あらが》って、王城へと戻った。

みるみるうちに憔悴《しょうすい》していった。並みの人間ならば、王冠に屈していたに違いない。クリムヒルトが抗《あらが》えたのは、姉への愛ゆえだった。

だが、それでも心の疲弊は避けられない。疲れ切ってぼーっとしている時、ウォレンがクリムヒルトに話しかけてきた。

「我々もくだらぬ意地悪のために、ブリュンヒルド様を殺したいわけではないのです」

クリムヒルトは虚《うつ》ろな目で老いた重臣を見た。

「我々の行いが非道であるという自覚はあります。死後、永年王国には招かれないでしょうな。けれど、我々の非道によって癒《いや》される傷があり、救われる命がある」

ウォレンの手が、王城の窓を指し示す。窓の下には、繁栄した王国が見えた。

「初代様がお創りになられた理想の王国を、我らの代で終わらせるわけにはいかないのです」

心が弱っていたからだろうか。それもそうだなと思ってしまった。

クリムヒルトだって、霊薬が王国からなくなっていいなんて思ってはいない。あらゆる病魔を駆逐する薬。それがなくなればどれだけ甚大《じんだい》な被害が発生するかは想像できる。異国では、流行《はや》り病のせいで人口が四割失われたというケースもあるほどなのだ。

「私は……あなたたちのことを非道と思っています。けれど……その行いが悪意から生まれたものとまでは思っていません」

「ならば」

「それでも姉様を殺すことはしません。今の私の願いは、この命が一刻も早く尽きることです」

クリムヒルトが手をかざす。すると手の中に光の短剣が現れた。十三歳になった時に、クリムヒルトは『神の力』で剣を作れるようになっていた。それを自分の胸へと振り下ろす。

「うぐ……」

だが、ナイフは胸まで届かなかった。途中で手が止まってしまったのだ。

王冠へ攻撃ができないのと同様に、自分の体への攻撃も封じられている。

自殺しようとしたのを罰するかのように、王冠が頭を痛めつけた。『神の力』で生んだナイフは、クリムヒルトの手を離れると宙に溶けて消えた。

「よくも……こんな呪具を……」

恨み言をいうクリムヒルトに、ウォレンが言う。

「あなたには呪具でも、私には聖遺物なのです」

それはそうだろうなとクリムヒルトは思った。

この王冠で、女王を戒めることができるのだから……。

それからさらに数日が経《た》った。経《た》ったと思う。日付の感覚が怪しくなってきた。

ほとんど廃人のようになってしまったクリムヒルトを見て、ウォレンが言う。

「ここまで粘るとは思っていませんでした。強い心の持ち主ですな」

クリムヒルトは目だけをぎょろりと動かして、ウォレンを見た。

「ウォレン……。あなたが持ってきた癒《いや》しの細剣も、母上の贈り物などではなかったのですね」

ウォレンは言っていた。先代女王は一年前に死んでいたのだと。

「贈ったのは先代様ではなく、私ということになりますな。ですが、長生きをしていただきたいという気持ちに嘘《うそ》はありません。この国を治める女王として、一日でも長く生きていただきたい」

「あなたの傀儡《かいらい》として、の間違いでしょう……」

本当に邪悪な人だとクリムヒルトは思った。

傀儡《かいらい》として一日でも長く使えるように、癒《いや》しの細剣を持たせようとしたのだ。二代目以降の女王は全員、このウォレンの傀儡《かいらい》だったのだと推測できる。

気付けばウォレンの姿が部屋から消えていた。ここ数日、クリムヒルトは意識が突然飛ぶことがある。今もそれが起きたようだ。

思考が判然としない。絶え間ない痛みのせいで、考えることが不得手になってきた。

自室のベッドの上でぼんやりとしていた。絶え間なく聞こえ続ける幻聴のような声、頭の痛み。体の方はとっくに限界で、苦痛からの脱却だけを望んでいる。

（……きっと母上も最初は王冠に抗《あらが》ったんだろうな）

けれど、最後には負けたのだ。

無理もない。とても責められない。こんな責め苦に終始遭っていたのならば。

（……眠ろう）

眠りだけがクリムヒルトにとっての救いだった。

眠っている間だけは、声は聞こえず、痛みも感じない。

クリムヒルトは休息のためではなく、逃避のために眠った。


夢を見た。

気付いたら自分は離宮の前にいた。光の長剣を手にしている。

（ああ、また姉様を殺す夢を見ているんだな）

そういう悪夢をクリムヒルトはこのところよく見る。弱り切った心と体が、こういうものを見せるのだ。姉を殺せば痛みから解放されるのだから、この手の夢を見るのは仕方ない。初めのうちは姉殺しの夢を見る自分を責めていたが、もうその気力もなくなっていた。

クリムヒルトは姉の下へ向かう。邪魔をする兵士たちは斬って捨てた。

どうせ夢だ。

大広間を燃やしていると、竜を連れたブリュンヒルドがやってきた。

ブリュンヒルドは懸命に自分に話しかけてきてくれている。けれど、会話をしたって意味なんてない。

どうせ夢なのだから。

クリムヒルトの頭の中に、嫌な声が聞こえてきた。

王国に身を捧《ささ》げなさい――。

もう、うんざりだ。

ついに夢の中でも初代様の声が聞こえるようになってしまった。夢の中くらい、放っておいてほしい。

そんなに姉様の骸が欲しいならくれてやる。夢の中の姉様を。

王冠の声に従って、クリムヒルトは姉を斬るために踏み込んだ。声に従っていると何故《なぜ》だか力が湧いてきて、いつもより素早く動けた。

姉が血を噴き出しながら倒れた。夢の中とはいえ、悲しい姿だった。

骸は結局手に入れられなかった。竜が姉の骸を咥《くわ》えて、逃げてしまったからだ。

姉を逃がした後、クリムヒルトは大広間に座り込んだ。

もう王冠からの声は聞こえなかった。頭痛も感じなかった。

「ああ、気持ちいい……」

苦痛がないことが、こんなにも素晴らしいことだとは思わなかった。夢の中なのに眠くなってしまって、クリムヒルトは眠った。硬い床の上なのに、久しぶりに心地よく眠ることができた。


やがて、クリムヒルトは目を覚ました。

目覚めたくなかった。目を開ければ、見たくもない王城の天井が目に入るのだ。そしてまた声と頭痛に悩まされる。

けれど、ずっと眠ったふりもできないから仕方なく目を開けた。

視界に飛び込んできたのは、王城の天井ではなかった。

ずたずたに引き裂かれた大広間だ。あちこちに燃えた痕跡がある。

散らばる死体、死体、死体。召使いや兵士のものだった。

クリムヒルトは心臓が縮こまる思いがした。

「ま……さか……」

手を見下ろす。その手は乾いた血で汚れている。

わなわなと手が震え出した。

「姉様……。そんな……ああ！」

夢ではなかったというのか。

夢遊病者のように、侍従を斬り、離宮を燃やし……。

姉を殺してしまったというのか。

「う、うううううううううう！」

クリムヒルトは頭を掻《か》き毟《むし》った。

耐えられなかった。あんなに自分を気にかけてくれた姉を、まさか自分が殺すなんて。

女王になったら姉の『蝕《むしば》み』を治したいなんてどの口で言えたのか。

ただでさえズタボロだったクリムヒルトの心に、姉殺しの事実はとどめをさした。

心を失った体の中に、王冠の命令が残響している。

王国に身を捧《ささ》げなさい――。


森の中で待っていたブリュンヒルドの下へ、ベルンシュタインが簡素な服を手にやってきた。

彼が調達してきてくれたのだ。

「泥棒してきたの？」

「そんなところだ」

ブリュンヒルドは敢《あ》えてあまり追及しなかった。服を盗まれた人には申し訳ないと思うが、こちらは非常時なのだ。

着替える。ベルンシュタインは村の青年、ブリュンヒルドは村娘といった風采となった。

村娘ブリュンヒルドをベルンシュタインが舐《な》めるような視線で見ている。

「なんだい、じろじろ見て」

「うむ。貴人が村娘の姿に身を窶《やつ》しているのは、中々にそそるものがある。どうだ、このまま私の妻となり、村人として生きるのは」

ブリュンヒルドはつんとして言った。

「妹のことがなかったら、考えてあげてもよかったよ」

「それは残念」と言ってベルンシュタインは微笑《ほほえ》む。

「ベルンシュタイン。あんまりそういう冗談は言わない方がいいと思うんだ。いつか本当に愛する女性ができた時に、言葉に重みが宿らなくなると思うから」

「冗談を言ったつもりはない。私は初めて見た時から、お前の美貌に惚《ほ》れている。何より
……」

「何より？」

「お前が厄介ごとに首を突っ込むのは見たくない。ただでさえ不幸な生い立ちだ。残りの人生くらい人並みに過ごしてほしい」

そこまで言われれば、ブリュンヒルドだって何も感じないわけがない。妻になれと言う言葉も、全てが冗談だったわけではないのだろうと気付いてしまった。

「ま……まあ、好意は受け取っておこう」

ちょっとだけ高鳴った胸の鼓動を抑えこむ。

「とにかく……クリムヒルトのことを助けないといけない」

ブリュンヒルドは離宮でクリムヒルトと対峙《たいじ》したのを思い出す。

クリムヒルトの頭上で、不気味に輝いていた王冠。

「あの王冠……。すごく良くないものだ」

ブリュンヒルドの眼《め》は、ぼんやりとだが未来が見える。だが、それは本来の能力のおまけに過ぎない。彼女の眼《め》は、物事の本質を見抜くのだ。本質を見抜くことにより、それが至る未来について抽象的な予測が立つのである。

そのブリュンヒルドの眼《め》に、王冠は酷《ひど》く邪悪なものに映っていた。まるで黒い闇がまとわりついているかのようだったのだ。

「あの王冠について調べたい。絶対に何か秘密がある。クリムヒルトがあんな風になっていた理由も、王冠にあると思うんだ」

「調べものか。ならば、学院に向かうか？」

「ううん。学院の書物に答えがあるとは思えない。あの王冠はジークフリート家に代々伝わるものだから。答えは王城にしかないいんじゃないかな。女王の側近レベルの重臣を脅せれば一番早くて確実だと思う」

「難しいことを簡単に言うな。その重臣にはどう接触する？　王城に侵入して誘拐するか？　不可能とまでは思わないがリスクが高すぎる。果たして王城から無事に脱出できるかどうか……」

「私たちが王城に侵入する必要はないよ。重臣たちの方から出てきてもらおう」

「どうやって？」

ブリュンヒルドは不敵に笑った。

「今日は、初代女王の生誕日なんだ」

ブリュンヒルドとベルンシュタインは山道にひそんだ。

そこは王城からの馬車が初代女王の生誕記念パーティーに向かう時に必ず通る道である。

そして、幼いブリュンヒルドとクリムヒルトが襲撃者に襲われた場所でもあった。

馬車が通っていく。いくつかの馬車は敢《あ》えて見逃した。馬の毛並みや体格、ワゴンの装飾から乗っている人間の位がブリュンヒルドにはおおよそわかるのだ。

かなり高い格の馬車が通りかかった時、ブリュンヒルドは雷霆《らいてい》を放った。

雷霆《らいてい》は車輪を射抜き、破壊した。動きが止まった馬車に、竜に変身したベルンシュタインがのしかかって横転させた。御者は竜を見て逃げ出した。馬車には護衛の騎士が二名ついていて、彼らは一瞬だけ戦おうとしたが、竜の威容にすぐに心が折れて御者の後を追った。

ベルンシュタインがワゴンから二人の老人を引きずり出す。

「ひいぃ、助けてくれ……」「ブリュンヒルド様……。まさか生きておられるとは」

ブリュンヒルドはその顔に見覚えがあった。間違いなく王城の重臣だった。

重臣二人はブリュンヒルドを見ると小さな悲鳴を上げて謝った。

「違う。私たちじゃない」

「ウォレンです。ウォレンがブリュンヒルド様を殺そうと言い出したのです」

ブリュンヒルドは琥珀《こはく》の竜の鼻づらを撫《な》でながら言った。

「ここまで怯《おび》えるとは。これなら、正直にお喋《しゃべ》りしてくれそうだね」

琥珀《こはく》の竜が老人たちに向かって唸《うな》り声をあげる。二人は完全に腰を抜かしてしまった。

そこからのブリュンヒルドの質問に、老人二人は実に正直に答えた。

邪悪な王冠のこと。ウォレンという摂政《せっしょう》が歴代の女王を操っており、クリムヒルトもその魔手に堕《お》ちようとしていること。『生命の霊薬』の材料のことも知った。

「…………」

ブリュンヒルドは言葉を失った。

自分が思っているよりも深い闇が王国には存在することを知った。そしてその闇にクリムヒルトが飲み込まれそうになっていることも。

茫然《ぼうぜん》としているブリュンヒルドの代わりに、琥珀《こはく》の竜が老人たちに言った。

『なんと醜い者たちなのか』

竜の鼻息は荒い。

『どんな大義名分を掲げようと、お前たちのやっていることは亡者《もうじゃ》の行いだ。古き時代を生きていた私に言わせれば、病魔も怪我《けが》もあるのが当たり前なのだからな。王国のためだろうとブリュンヒルドの一族が犠牲になっていい道理はない』

尤《もっと》も竜の声は、老人たちの耳には届かない。ただ竜の気迫に恐れおののくしかなかった。

だが、ブリュンヒルドの耳には届いた。

『ありがとう。ベルンシュタイン。もういいよ』

『いや、まだだ。私はこの者どもを殺すべきだと思う。人としてやってはならぬことを行っている。この汚《けが》らわしさ、生きるに値しない』

『私も少しはそう思うけどね。でも、殺したって何かが変わるわけじゃない。逃がしてあげてくれ』

それでも琥珀《こはく》の竜は納得しなかった。竜はブリュンヒルドを睨《にら》んでさえいる。

だが、ブリュンヒルドが全く退かない様子だったから、琥珀《こはく》の竜が譲った。

老人二人を逃がした後、琥珀《こはく》の竜はブリュンヒルドに言った。

『優しいのだな』

『優しくはないよ』

『あんな屑《くず》どもに情けをかけてやったのだ。優しいではないか』

ブリュンヒルドは服のポケットからナイフと黄金の液体が入っている小瓶を取り出した。小瓶の方は村で調達してきた『生命の霊薬』だった。

『質問に答えなければ、拷問する気だった。ナイフで傷つけて、霊薬で癒《いや》して。それを繰り返すつもりだったんだ。これでも君は、私を優しいと言ってくれる？』

琥珀《こはく》の竜はぞっとした。この姉は、妹のためならば手段を選ばないらしい。

『拷問するお前を見ずに済んでよかった。百年の恋も冷めたかもしれん』

違いないと言って、ブリュンヒルドは小瓶とナイフをしまった。

『やるべきことがはっきりしたね』

ブリュンヒルドの頭の中にあるのは、王冠のこと。

『クリムヒルトの王冠を壊そう。呪縛から妹を解放する』

ブリュンヒルドは琥珀《こはく》の竜の背に乗った。

目指すのはパーティーの会場だ。

老人二人の話を聞いて、わかったことがたくさんある。使える情報は、霊薬と王冠のことだけではない。

どうやらブリュンヒルドは死んだものと思われているらしい。

クリムヒルトに殺されたブリュンヒルドの骸を、連日騎士が捜しているというのだ。

これは奇襲をしかけるチャンスだった。

今晩は国内中の有力貴族が集うパーティーが行われる。旧王家が所有していた広い私邸が会場で、女王クリムヒルトも列席する。なんと女王の護衛は僅かな騎士だけで、騎士の他には老臣ウォレンが付き従っているだけだという。王城に戻られれば、攻め込むのも難しくなるだろう。守りの薄い今こそが好機だ。

ただ奇襲は急いで決行しなくてはならない。もたもたしていれば、逃がした重臣たちがブリュンヒルドに襲撃された件を報告してしまう。

自分と琥珀《こはく》の竜なら奇襲をやり遂げられるという確信がブリュンヒルドにはある。竜の強さは言わずもがな、ブリュンヒルドだって体力こそないが雷霆《らいてい》が使えるから並みの兵士よりずっと強い。パーティー会場の護衛を蹴散らすことなど朝飯前だ。幸運が味方しているとブリュンヒルドは思った。

ブリュンヒルドを乗せた竜が私邸についた時は、ちょうどパーティーが始まる時間だった。

窓からパーティー会場を窺《うかが》う。

王冠を頭に乗せたクリムヒルトが見えた。

「………………」

妹は茫然自失《ぼうぜんじしつ》といった様子だった。ブリュンヒルドを殺したと思っているクリムヒルトは、心が弱り切っていた。今や完全に王冠の……否、ウォレンの言いなりになる人形だった。

痛ましい妹の姿に、ブリュンヒルドの心がずきりと痛んだ。

一刻も早く、クリムヒルトを助けたい。

『行け、琥珀《こはく》の竜！』

ブリュンヒルドの号令に、竜が飄々《ひょうひょう》と答える『応さ』

竜は窓ガラスを豪快に破って、パーティー会場に突撃した。

貴族たちが悲鳴を上げて逃げ惑う。

「竜だ！」「何故《なぜ》竜が！」「ブリュンヒルド姫が竜に！」「どうして！」

楽しいパーティー会場は、一瞬にして混沌《こんとん》の場に変わった。

派手な音を聞きつけて、騎士たちがやってきた。けれど、パーティー会場の護衛は本当に少なかった。おそらくは華やかな場に厳《いか》めしい警護は似つかわしくないと判断されたのだろう。

数人の騎士が、果敢に竜に立ち向かった。けれど、琥珀《こはく》の竜が容易《たやす》く蹴散らしていく。ブリュンヒルドも竜から降りて、雷霆《らいてい》を用いて戦った。

それだけの混乱が起きてなお、クリムヒルトは騒動の先を見ることすらない。虚《うつ》ろな表情で椅子に座っていた。

もはや周囲の一切の刺激に反応できないほどに、傷付いていたのである。

「クリムヒルト！」

姉の呼び声も深く傷ついた心には、届かなかった。

だが。

「クリムヒルト！」

クリムヒルトの視界の中に、こちらへ駆けてくる姉の姿が入った。

「ねえ、さま……？」

クリムヒルトの瞳に少しずつ光が戻っていく。

「姉様……！」

クリムヒルトは立ちあがった。

「ああ、姉様！　よかった、生きていらして……！」

クリムヒルトはブリュンヒルドへと駆け寄ろうとした。

だが、その動きが止まる。頭に閃光《せんこう》のような痛みが走ったのだ。

「うぐ……」

王国に身を捧《ささ》げなさい――。

声のせいで体が勝手に姉を殺そうとする。姉が生きていると認識した故に。

雷の剣を作ろうとする右手を、どうにか抑え込む。

大した意志力だった。もう姉を傷付けたくない一心によるものだった。

「来ないで、姉様。また傷つけてしまう……」

クリムヒルトはその場に膝をついて、抑え込むように自分を抱きながら叫んだ。

「大丈夫だよ。今、王冠を壊してあげるから」

妹を安心させるため、優しい声音でブリュンヒルドは言った。

ブリュンヒルドの勝利は揺るがない。

ちょうど琥珀《こはく》の竜が、会場にいた最後の騎士を無力化したところだった。

もはや敵対する意思があるのは、クリムヒルトの傍《かたわ》らにいるウォレンだけ。

ウォレンがクリムヒルトの前に立った。ブリュンヒルドらを阻《はば》もうとしているようだった。

しかし、老臣如《ごと》きに何ができるのか。

竜が近付き、ウォレンに向かって炎を吐いた。脅して退けるつもりだった。

だが、
ウォレンは長いコートを翻《ひるがえ》し、炎の中を歩いてきた。特別な素材で出来ているのか、コートに火が移る気配はない。それどころか、炎を掻《か》き消《け》してすらいる。

琥珀《こはく》の竜が吼《ほ》えた。

『老人よ、竜を前に物怖《ものお》じしない度胸だけは褒めてやる』

近付いてきたウォレンに噛《か》みつこうとした。殺すことこそしないが、動けなくなる程度の怪《け》我《が》は追わせるつもりだ。

迫る大顎を見て、ウォレンが囁《ささや》くように呟《つぶや》いた。

「遅いな」

琥珀《こはく》の竜の視界が大きくぶれる。

遅れて理解した。強烈な膝蹴りが、竜の顎を下から打ち上げたのだと。

ウォレンが自分を蹴り上げている。老体から放たれたとは思えない一撃で大顎が閉じた。

『！』

思いもよらぬ反撃に琥珀《こはく》の竜の頭は一瞬混乱した。そうでなくとも槌《つち》で殴られたかのような衝撃で脳が揺さぶられていた。その隙をウォレンは逃さなかった。

「二本だな」

ウォレンが身にまとっていたコートの内側から薄光を帯びた剣を二本、取り出した。投擲《とうてき》用に改造されたスティレットだった。風切り音とともに投擲《とうてき》されたそれは、竜の顎を下から貫いた。それで竜は顎を開けなくなってしまう。

「『神の力』で加工された刀身は竜の力を弱める。これで神の子も殺せればよかったのだがな」

二本あれば、竜の顎を完封できる。

『こいつ……』

顎が使えなくなっても、竜には剣より鋭い爪がある。骨を叩《たた》き折る尾の一撃がある。琥珀《こはく》の竜は迷わずそれらの武器を使った。もはや手加減など念頭にない。やらなければやられる相手と理解していた。

だが、その理解が遅かった。否、初めから理解していたとしても勝てたかどうか。

ウォレンは竜の攻撃を全て紙一重で避けた。

まるで未来が見えているかのように。だが、実際はそうではない。

彼は竜の筋肉が見せる僅かな兆候から、どんな攻撃が来るのかわかるのである。攻撃の回避の際にスティレットが刺されていく。あっという間に琥珀《こはく》の竜は串刺しになって倒れた。『神の力』を仄《ほの》かに宿した刀身が、竜から力を奪っていた。

ウォレンは老臣ではなく、老兵であった。

かつて、王国には無数の竜が潜んでいた。彼らは初代女王の手によって葬《ほうむ》られたことになっている。それは概《おおむ》ね正しいが、実際には女王の職務を補佐する少数精鋭部隊がいたことはあまり知られていない。女王が手を下すまでもない竜は、その部隊が掃討を行った。

ウォレンは少年だった頃から、その部隊に属していた。そして少年でありながら、初代女王に次ぐ竜殺しだった。

老いによって、若き日の強さは影もない。それでも体高二メートルの竜如《ごと》きに後れは取らない。

交戦が始まって数秒で、竜は倒れていた。倒れてから琥珀《こはく》の竜は気付いた。かつて自分を殺そうとした少年の竜殺しこそ、この男だったに違いない。

「…………」

唖然《あぜん》としたのは、ブリュンヒルドである。悪い夢を見ているのかと思ったほどだ。

今更になって、ブリュンヒルドの眼《め》は嫌なものを老臣に見た。老臣は巧みに己の強さを隠していたのだった。

老兵の眼《め》が、自分を見た。目が合った。ブリュンヒルドの眼《め》は確かな未来を読み取った。

敗北という未来だった。

「う……」

それでもブリュンヒルドは雷霆《らいてい》を編み、放った。歴戦の古強者に睨《にら》まれ、圧《お》されていたにもかかわらず抗《あらが》えたのは、妹を助けたいという一心のおかげだ。

「うああ！」

だが、ブリュンヒルドは戦いの素人《しろうと》だ。王族の嗜《たしな》みとして矢を射ることはあったが、そんな技術は戦闘ではほとんど役に立たない。

老兵は雷霆《らいてい》を軽く避けた。そしてブリュンヒルドの前に踏み込むと、スティレットで急所を貫いた。強烈な痛みで、ブリュンヒルドの意識が途切れた。

「姉様！　ああ、そんな！」

失神したブリュンヒルドを見て、クリムヒルトは取り乱した。

それをウォレンは冷たい目で見つめながら、状況を整理する。

絶好の機会だ。

ここでクリムヒルトを操り、ブリュンヒルドを殺させれば完結する。

完結するのだが。

ウォレンにはそれができなかった。

不幸にも、貴族たちの目があった。ここはパーティーが行われていた場所。貴族たちの前で、女王に人殺しをさせるわけにはいかない。

ならば、人目のないところへブリュンヒルドを運んで殺すか？　無理だ。この娘はあまりに派手な登場をした。貴族たちの注目を集めていて、人目のないところに運ぶことなど……。

自分が敗北した場合のことを襲撃前のブリュンヒルドが考えていたとは思えないが、結果として大胆な奇襲は彼女の命を救おうとしていた。

望む結末が目の前にあるのに、手を伸ばせない歯がゆさ。ウォレンは苛立《いらだ》ちを覚えながら、騎士たちに指示を出す。

「竜と姫を王城に連行しろ、然《しか》るべき手続きの後、処分を決定する」

これがウォレンにできる限界だった。

歯がゆいだけだ。気にすることはないとウォレンは自分に言い聞かせる。

ブリュンヒルドを捕まえたというだけでも、状況は極めて自分に有利。

焦《あせ》って殺す必要はない。

王城に幽閉した後、竜もろとも密《ひそ》やかに殺せばいい。

騎士に指示を出した後、ウォレンの体を強い疲れが襲った。

歳《とし》は取りたくないものだとウォレンは思った。

第三章

王国の現王族は、ジークフリートという名の一族だ。竜殺しの女王を祖とする一家である。けれど、ジークフリート家の前には別の王家があった。

その王家は今では没落している。汚名のせいだ。その王家から竜王と呼ばれた最悪の暗君が生まれてしまったのだ。百年程前、竜王は多くの民を虐殺した。それ以来、その家は愚王の一族として迫害されるようになってしまった。竜王が民を殺したのは、悪竜に体を支配されていたからなのだが、そんなことは全く酌量されなかった。

アニマを名乗るこの下級騎士はまさにその一族の子だ。歳《とし》は十七。

アニマというのは本名ではない。本名を名乗れば、彼はこの国にいられないだろう。彼には、愚王と同じ名前が与えられていた。愚王の潔白を信じる彼の両親がその名をつけたのだ。アニマにとってはいい迷惑だ。名付けた両親はもうこの世にいない。迫害によって命を落とした。大して濃い血縁でもなかったのに、理不尽だった。

アニマは天涯孤独の身となった。

財産は、一条の槍《やり》だけである。

アニマはジークフリート家を憎んでいる。自分たち真の王家を、ジークフリート家という偽《にせ》の王家が放逐したものだと思っていた。そう教えられてきたし、その教えは一面において正しい。

恨みがある。ジークフリート家のせいで一族が苦しんだ。

けれど、恨みを晴らそうとは思わない。迫害されてきたアニマは自分が生きることで精いっぱいだ。名を偽り、生まれを偽り、過去を偽り、どうにか手に入れた騎士の地位。死ぬまでこれに縋《すが》りつこうと思っている。恨みなんざ晴らしたところで、腹は膨れないのだ。

その日、アニマは王城地下牢《ろう》の番を行っていた。

漫然と職務をこなしていると、地下牢《ろう》に一人の少女が連れてこられた。

白い髪に赤い眼《め》の少女だった。

連行してきたのは上級の騎士たちだった。

アニマは尋ねた。

「この少女は罪人か何かですか？」

「後程、クリムヒルト様が直々に処刑する者である。下級騎士にそれ以上の説明は不要であろう？」

アニマは頭を下げた。

「はっ。仰《おお》せの通りでございます」

それ以上の詮索をする気はなかった。長い物には巻かれていればいい。

少女は拘束されて詰め所に併設された独房に放り込まれた。

後ろ手に縛られて牢《ろう》に入れられている少女をアニマは見つめていた。

気がかりだった。

（コイツ、ろくな食事を摂《と》ってないな）

少女の顔は青白く、体は小さく、骨が浮いている。飢えているように彼の眼《め》には映った。

現在の王国に、飢餓はほとんど存在しない。

女王が創り出した『生命の霊薬』は、あらゆる怪我《けが》や病気を取り除く。飢餓さえも癒《いや》せる。

民にも広く行き渡っているから、飢える民は本来なら存在しない。

迫害でもされて、わざと霊薬を手に入れられないようにでもされない限りは。

アニマは飢えの辛《つら》さを知っていた。そして少女が飢えているということは、恐らく少女の地位はかつての自分と同じように低いのだと思った。

そんな不憫《ふびん》な娘が、ジークフリート家の新たな女王の手で処刑されるという。

なんだか、自分が殺されるような気分になった。

（……ジークフリート家には恨みがある）

だから、それはアニマなりの復讐《ふくしゅう》だった。

夜になると、アニマは警護の目を盗んで痩せた少女を牢《ろう》から出した。

様々な要素がアニマの行動を後押ししていた。アニマがその少女を逃がしても、その咎《とが》は自分が負わない確信があったのだ。アニマは目上の騎士に可愛《かわい》がられている。彼の望みは平穏な人生を送ることだから、素行が極めて良いのだ。目上の者に歯向かったことは一度もない。決定的なのは、今晩の地下牢番《ろうばん》をする騎士たちの中には素行が極めて悪い者がいたことだ。少女を逃がしたとして、真っ先に疑われるのはその者で間違いなかった。そうでもなければ、小心者のアニマが少女を逃がすなどという大胆なことはするはずがなかった。

少女を詰め所の外に連れ出して、没収されていた細剣を手渡す。

「さっさと逃げな」

だが、少女は動かなかった。

少女はアニマに言った。

「君、騎士だろう……？」

「だったらなんだよ」

「騎士なら、私をエスコートするのが務めだよ。放り出して去らないで」

尊大な言葉に、アニマは啞然《あぜん》とした。

「ふ、ふざけんじゃねえ！」

アニマが怒ったのは無理もない。

逃がしてやったことに感謝されるかもしれないとは思っていた。けれどまさかそれ以上を要求されるなど誰が思うのか。

「何様のつもりだ」

「はは、お姫様かな」

あまりに堂々と馬鹿みたいなことを言うので、アニマは圧倒されてしまった。同時に、嘘《うそ》はついていないだろうなと思ってしまった。自分のことをお姫様だなど、常人なら恥ずかしくて言えないだろう。

だが、お姫様ということなら、女王の手で処刑されようとしていたのも納得がいくところがあった。王国は異国からの攻撃を受けることがあるのだ。王国の持つ独自の技術や『生命の霊薬』を狙っての侵攻だ。『神の力』を操る女王が全てを撃退したことで大規模な争いは決着しているが、小規模な争いは各地で続いている。もしかするとこの『姫様』は、鹵獲《ろかく》してきた異国の姫様なのかもしれない。

アニマがこの姫様のことを自国の姫様と思わないのは当然だった。

彼はかつて王族だったからこそ、ジークフリート家はみんな黒髪で黒い瞳と知っているのだ。

目の前の少女は、白い髪に赤い瞳であった。

まあ、この少女が何者であれ、これ以上関わるつもりはない。自分はジークフリート家への憂《う》さ晴《ば》らしとして少女を逃がしただけなのだ。

「逃がしてやっただけでもありがたいと思え」

アニマは夜の町に少女を残して地下牢《ろう》へと戻ろうとした。

背後から湿った咳《せき》の音が聞こえてきた。

振り返れば、少女が口元を手で押さえている。喀血《かっけつ》していた。

少女は地面に膝をついた。何かの病気のようだった。立ち上がる力がないことがわかった。

「お……おい。大丈夫かよ」

アニマは慌てて少女へと駆け寄った。彼が知る由《よし》もないことだが、癒《いや》しの細剣が手元から離れていたのが、少女が体調を崩した原因だった。

(ああ……何やってんだ俺は)

振り向いて駆け寄った以上、もう放り出すことはできなかった。この少女を自宅に連れていき、霊薬くらいは飲ませてやらなくては……。

アニマは仕事を早く切り上げて少女を自宅に連れ帰った。そして霊薬を飲ませた。少女は弱弱しい力で霊薬を飲むまいと抵抗したが、無理やりに飲ませた。命が危ないかもしれないのだから、手段は選んじゃいられない。だが、どういうことか万病を治すはずの霊薬が効かなかった。そのことについて少女は「体質のせいでね」とだけ説明した。

だから、アニマは自分で調合した薬を少女に飲ませた。彼には医学の知識があったのだ。不思議なことにこちらは少し効き目があったように見えた。少女の容態はよくなり、眠りに着くことができた。

細剣を抱えて眠る少女の寝顔を眺めながら、アニマは呟《つぶや》いた。

「お姫様になんぞ……関わりあいになりたくないってのに」

だって、彼の一族を没落させた愚王はそれこそお姫様を守って死んでいるのだ。

アニマの夢は、普通の幸せを手に入れることだ。普通の騎士になって、普通に稼いで、普通に嫁を貰《もら》って、普通に子供を作って、普通に歳《とし》を食って、普通に死ぬのだ。

お姫様という存在は、それだけで自分の夢を壊しそうに思えた。

だが、見捨てることはできない。薄い毛布の下からはみ出ている腕。その細さを見たらとてもそんなことはできなかった。その腕、健康なもののそれではない。王国では久しく見ることのない、古い自分の腕。

この王国で、どれだけひどい目に遭ったのだろうかと考えてしまう。

「……くそっ」

細い腕を毛布の下にしまった後、アニマは床で寝ることを決めた。


翌朝、アニマが起きてもお姫様はまだ眠っていた。

アニマは二人分の朝食の準備を始めた。

朝食ができた頃、お姫様が目覚めた。

「昨日はありがとう。牢《ろう》から出してくれたのに、お礼を言うのが遅れてしまった」

「礼を言う余裕がなかったんだろ？」

喀血《かっけつ》していたのだ。それくらいわかる。

アニマは木机の上に朝食を配膳していく。

「まあ食えよ。体にいいモンを準備したから」

朝食を見下ろして、少女は引きつった笑みを浮かべた。

「ア……アリガトウ……」

食卓にはお姫様が苦手なものばかり並んでいた。食事は豆や野菜を中心とした質素な料理。気持ちばかりに添えてある干し肉だけが良心のようにお姫様には思えた。

「気持ちだけ受け取っておこうかな……。あまりお腹《なか》空いていないし」

食事を拒否しようとするお姫様に、アニマは小さな声で言った。

「食わないと死ぬぞ」

その言葉には暗さがあった。

飢餓の辛《つら》さを経験した者にしか出せない凄味《すごみ》にお姫様も気圧《けお》されてしまう。

「お前みたいな栄養失調な奴《やつ》はな、食えるものなんでも食わなきゃいけねえんだよ。お姫様だろうが何だろうが、贅沢《ぜいたく》を言うんじゃねえ」

「栄養か……。私の従者と同じことを言うんだね、君は」

何か思うところがあったのだろうか。

お姫様は木のスプーンとフォークを手に取ると、食事を再開した。涙目になりながら、長い時間をかけて、けれどしっかり完食した。

たったそれだけのことだが、少しだけアニマはお姫様のことを見直した。

たっぷり時間をかけて食事を終えた後、少女が言った。

「食事まで世話になって、本当にすまなかったね。おかげで具合もよくなった。もう出ていけそうだよ」

「嘘《うそ》つくなよ。まだ具合が悪いのはバレバレだっての」

顔色ひとつとっても相当悪い。アニマから癒《いや》しの細剣を受け取ってはいたが、剣はまだ効果を発揮しきれていないのだった。手放すとすぐに効力を失うが、再び恩恵にあずかるには数日を要するのである。

「けれど、私を待ってる人がいる。助けに行かないといけないんだよ」

「そいつはどこにいるんだ」

「王城にいる。それも二人も」

「諦めな」

小さな事件だったら騎士の自分が解決してやろうかとも思ったが、思ったよりもでかい事件にかかわっているようだ。

「王城に囚《とら》われてるんなら、もう助けられねぇよ」

「諦められないんだ」

「そうかよ。だったら好きにしな。でも、今すぐここを発《た》つのは認めねぇ」

「どうして」

「外に出てすぐにぶっ倒れるのがオチだからだ」

長い間、この姫様を泊めると面倒ごとに巻き込まれる危険が高まるのはわかっている。それでも彼は言った。

「もう少しだけならここにいていい。無理して出て行かれて死なれたら……助けた意味がないだろ」

少女の体調は良くなってはいるが、それは昨日に比べれば、である。外を歩けば、すぐに力尽きてしまうだろう。

少女もそれをわかっている。正直なところ、今すぐ出ていっても仲間を助けられないことは薄々気付いてもいた。

だから、アニマの申し出はありがたかった。体が不調であることだけが理由ではない。少女は追われている身でもあったので、隠れ家としてもアニマの家にいられるのは非常に助かるのだ。

「あまり長居はしないようにしよう」

少女は細剣を見つめながら言った。

「三日でここを出る。三日後には、一人で動けるようにはなっているだろうから」

「わかった」

「三日も私の世話をしてくれるんだ。名前を聞いてもいいかな」

「アニマ」

それを聞いて、妙だなとお姫様は感じた。

アニマとは、古い言葉で『無名』を意味すると彼女は知っていたのである。

名前を聞き返してくると思ってお姫様は待っていたが、アニマはお姫様の名前は聞かなかった。

アニマは、自分がやられたら嫌なことは他人にしない主義だった。


三日間の共同生活が始まった。

アニマは看病に慣れていた。お姫様もアニマに従順だった。一刻も早く回復するために、彼に従うことにしたらしい。

尤《もっと》も、食事の時だけはお姫様が苦い顔をする。

それでもお姫様はアニマの言うことを聞いて、嫌いなものをちゃんと食べるのだった。

夜、眠る時にベッドの上のお姫様が床のアニマに言った。

「本当に何もできなくて申し訳ないんだけど……夜伽《よとぎ》のようなものも期待しないでくれると嬉《うれ》しいな」

「んな期待、病人にするかよ。さっさと寝ろ」

アニマは年頃の男子だ。人並みに性欲はあるし、女性と夜を共にするとなれば興奮する。居《い》候《そうろう》をしているのが普通の女性だったなら、我慢はできなかったに違いない。

だが、病人に欲情する物好きではない。

できることならこのお姫様をちゃんとした医者に見せたいとアニマは思った。しかし、この国に医者はいない。だから、せめて飯だけはちゃんと食べさせることにした。

アニマはその過去から健康食に人一倍気を遣っていた。お姫様の体調が少しずつ良くなっていったのは、彼の経験知に基づいた栄養食のおかげもあったのかもしれない。

二日目。

その日はお姫様の体調が少し良かった。

体力を取り戻そうとゆっくり家を歩いていると蔵を見つけた。

少女が蔵を覗《のぞ》いたことに深い理由はなかった。

蔵には無数の医学書があった。本来、本は高価なので庶民が何冊も持てるはずがないのだが、医学書だけは別なのだ。『生命の霊薬』の登場によって、医学書の類はほとんど無価値となってしまったのである。アニマはもう『生命の霊薬』を手に入れられる身分だが、幼い時に罹《かか》った病魔の恐ろしさがトラウマになっていた。いつかまた迫害を受けて『生命の霊薬』を手に入れられなくなった時に備えて、自分でも医学を学んでいるのだった。

本をどかしていくうちに、お姫様はそれを見つけた。

埃《ほこり》をかぶった一条の槍《やり》である。

「…………」

お姫様は唖然《あぜん》としてその槍《やり》を見つめていた。

多分、長い間そうしていた。

だから、いつの間にかアニマがやってきていたのにも気付けなかった。

「こんなところにいたのか」

「……この槍《やり》は？」

「ただの槍《やり》だよ」

「違う」

王家の少女は知っている。この槍《やり》の正体を。

「これはただの槍《やり》じゃない、精霊の力を宿す魔槍《まそう》。この槍《やり》のかつての持ち主は、王国一の騎士だった」

「お姫様ってのは目利《めき》きもできるんだな」

お姫様はアニマの正体に思い至った。

「何故《なぜ》……この槍《やり》を眠らせているんだい。埃《ほこり》を被《かぶ》るままにしているんだい。この槍《やり》は君に力を与えてくれるだろう。この槍《やり》さえあれば、下級の騎士でくすぶっていなくてすむ。騎士団長の座すら夢ではないのに」

「その槍《やり》の持ち主は殺されたよ」

アニマは淡々とした口調で言った。

「力があったからだ。英雄に相応《ふさわ》しい劇的な死に方をした」

アニマは吐き捨てるように続けた。

「くだらねえ死に方だ。王族を守るだなんて大層なことを言って、結局誰も守れなかった。くだらねえと言えば、俺の一族もくだらねえ。そんな槍《やり》を代々、受け継いできた連中だ。この槍《やり》がきっと自分たちを守ってくれると信じていやがった。守ってくれなかったから、俺以外死んじまった」

お姫様はアニマの呪詛《じゅそ》を静かに聞いていた。

「俺は英雄なんかにはなりたくない。憧れない。その槍《やり》は親父《おやじ》から譲り受けたものだが、愛着もない。食うに困ったら売るためだけに持っている」

ここでアニマは、自分の声が暗く、低くなっていることに気付いた。親族や槍《やり》への憎悪《ぞうお》が、無意識に彼の言葉を重くしていた。だから、アニマはおちゃらけるように、あくまで冗談とし

て次の言葉を言った。

――お前がお姫様なら、実は俺は王子様だったんだぜ。

お姫様は言葉を返せずにいた。その冗談を鼻で嗤《わら》うことすらしない。その沈黙をアニマは自分の冗談がつまらなかったからだと捉えた。

「けど、俺は国も民もどうでもいい。俺の夢は、普通の幸せを手に入れることだ。普通の騎士として、普通に稼いで、普通に嫁を貰《もら》って、普通に子供を作って、普通に歳《とし》を食って、普通に死ぬんだ。その夢に、魔槍《まそう》は必要ない」

古き王子が抱く普通の夢を、姫が嗤《わら》うことはなかった。

「……この槍《やり》は、朽ちるに任せておくのがいいね」


三日目。

アニマの看病が実を結び、少女はそれなりに元気になっていた。

「運動がてら買い物に付き合ってあげよう」

こんなことを言いだしたのは気紛《きまぐ》れか、あるいは。

共に買い物に向かった。一応お姫様に籠を持たせたが、元々が非力なので大した量の荷物は持てなかった。野菜をたくさん積める籠の中に二、三個の果物だけ入れて持ち歩いている姿は、もしかして冗談でやっているのかと疑いたくなった。

買い物から帰ってくると、何を考えたのかお姫様は共にキッチンに立って料理の手伝いまでしようとした。キッチンナイフを手に野菜の皮を剝《む》こうとした。尤《もっと》もあまりにナイフ捌《さば》きがおっかなかったのですぐに取り上げたのだが。

「大人しく待ってろよ。お前が手伝おうとすると気持ち悪いよ」

アニマはそう言ったが、内心は嬉《うれ》しかった。

彼の夢の中に「普通に嫁を貰《もら》う」というのがある。この少女を異性として見ているわけではないのだが、もし嫁がいたらこんな風かもしれないと思ったのだ。……尤《もっと》もお姫様の無能ぶりを考えるに、叶《かな》っているのは「嫁を貰《もら》う夢」ではなく「子供をつくる夢」の方が近いかもしれないが。

少し、少しだけだが、楽しいと思い始めている自分がいた。

ただお姫様がそういった行動をとったのは、優しさに目覚めたからではなかった。彼女なりに旧王家への後ろめたさを感じていたのだ。本当はアニマはこんな生活を送っているべきではない。

三日が過ぎた。お姫様の体力はかなり戻ってきていた。

「この三日、本当にありがとう」

お姫様はアニマの家を後にしようとする。そこに何の感慨もないようだ。むしろ一刻も早く立ち去ろうとしているようで……アニマの胸がチクリと痛んだ。

ただ看病するだけの三日間だった。けれど、少しそれを安らぎのように感じている自分がいたのだ。実はお姫様がやってきた最初の夜には、既に感じていたことだった。

お姫様が何かをしてくれるわけではないのだが、いてくれるだけで心が安らいだ。それは生まれを捨て、過去を捨て、名を捨てて、天涯孤独の身で生きてきた少年が初めて感じる安堵《あんど》だった。

去ろうとするお姫様にアニマは言った。

「困ったことがあったら……また来ていいからな」

肩入れしすぎだなとアニマは思った。たった三日の付き合いなのに。

けれど、三日は一緒にいた。友達ではないかもしれないが、もう他人ではない。

また来るとお姫様は言わなかった。

「もうこの家には来ないよ」

「そ……そうか。でも、また会うことがあったら」

「……そう言えば、名乗るのを忘れていたね」

「別に名前なんて今更……」

「私ね、ブリュンヒルドっていうんだ」

アニマの時が止まった。

ブリュンヒルド。

それは、アニマが最も関わりたくない名前だった。

彼の一族の没落は、ブリュンヒルドという名の女と関わったことを発端とするのだから。

ブリュンヒルドもそれをわかっていた。

だから、その名乗りは別れの挨拶だった。

「君みたいな下郎とは、二度と会いたくないかも」

冷たく吐き捨てて、ブリュンヒルドは去った。

ブリュンヒルドの姿が見えなくなったころ、じわじわと怒りが湧いてきた。

「アイツ、あんな言いぶり……」

最後の言葉が気に喰《く》わなかった。

二度と会いたくないなど。

アニマにはわかった。

普通に生きたいというアニマの夢を彼女は壊したくなかったのだった。

「下郎って……。嘘《うそ》つくの下手すぎるだろ……」

けれど、アニマはその言葉に甘えるしかない。彼の夢は普通に生きることなのだから。

アニマはブリュンヒルドを忘れ、しがない騎士として生きていくことを決めた。

第四章

その少年は一人で血の海に立っていた。

倒壊した建物。散らばる瓦礫《がれき》。割れた道。

無数の死体が転がっていた。少年の友人や知り合いだった者ばかりだ。

そこは崩壊するまでは小さな村だった。

竜に襲われたのだ。

後から知ったことだが、王国を支配していた悪竜が死んだことで、国中に配置されていた竜の私兵のうちの一部が勝手に動き出すことがあったらしかった。

もっともその竜ももう死んでいる。村の中央で、首から血を流して倒れているのがそれだ。村を満たす血は、ほとんどがこの竜のものだった。全長は十五メートル以上あった。

少年が殺した。

何故《なぜ》それができたのかわからない。竜を見た時、勝てると思った。無意識のうちにナイフを手に取り、気付いた時には竜を殺していた。もしかすると少年は天才だったのかもしれない。

竜殺しの天才。

だとしたら、天才というものは思っていたよりも大したものではないらしい。

ただ竜を殺せただけで、村の一つも守れないのならば。

その日の夕刻に、王の騎士たちがやってきた。

率いていたのは、二十代後半の女だった。足の悪い従者が控えていた。

村の惨状を見て、女は言った。

「あなたが竜を殺したの？」

「うん。あまり大したことはなかった」

強がりではない。本当に大したことはなかった。

女は少年の前に膝をついた。貴人だろうに地面に広がる血で膝が汚れるのも気にしていなかった。

女は少年を引き寄せて、抱きしめた。

そして言った。

「来るのが遅れてごめんなさい。怖かったね」

何を言っているのだろうと思った。

少年は自分より十倍以上大きな竜と戦ってなお、恐怖など感じていなかったのに。

少年は、女に引き取られた。その女は、孤児を集めて面倒を見るようなことまでしていた。

その女こそ竜殺しの女王だった。

女王に引き取られた少年は、竜殺しの補佐部隊に配属された。少年が希望したのだ。恐らくはそこが自分の居場所だと思った。少なくとも孤児院で農作業をするよりは向いている。

補佐部隊には女王に心酔する者が多かった。彼らは口々に言った。

「あのお方は天才だ」「竜殺しにかけて右に出る者がいない」

天才か。ならばあの女王も大したものではないだろう。

女王がこう口にしているのを聞いたことがある。

「王国のみんなを幸せにしたいのです」

天才如《ごと》きでは、その夢を叶《かな》えることはできないだろう。自分が村を守れなかったように。

だが。

やがて、少年は知った。

この世界には、天才を凌駕《りようが》する存在がいる。

それを何と呼ぶべきか。少年は一つの呼称しか思いつかなかった。

神、と。

少年が見たのは、全盛期の女王の姿。

右手を軽く振う。放つ光が異国の大軍を一掃した。

右手で水に触れる。触れた水は万能の霊薬に変わった。

不思議な響きの声は、聴く者に幸福を感じさせ、隷属させる。

それだけの力を持ってなお、女王は決して王国を支配しなかった。

その女はその力を、王国の幸せのためにしか使わなかった。

少年が青年になった頃、王国は完成した。

病魔も怪我《けが》もなく、異国の脅威に晒《さら》されることも、竜の恐怖に怯《おび》えることもない国。

王城から王国を見渡して、青年は呟《つぶや》いた。

「ここが永年王国に違いない」

人が作りうる最高の楽園が眼下に広がっていた。

青年の瞳から涙が零《こぼ》れた。生まれて初めて、美しいものを見て涙を流した。

この完璧な美を、残していかねばなるまい。それが王国に生まれた者の使命だと思った。

だが、理想郷を作り上げてほどなく、女王は死んだ。『神の力』による『蝕《むしば》み』のせいだった。

神も最期《さいご》は、呆気《あっけ》なかった。

そこで、老兵は目覚めた。

ウォレンはパーティー会場から王城へ戻ってきていた。

部屋で少し休息を取ろうとしたことは覚えているが……いつの間にか転寝《うたたね》をしていたらしい。歳《とし》をとると体の自由が利《き》かなくなって困る。たかだか竜一匹と戦っただけでも体力を消耗していた。体を動かすよりも、戦闘時特有の極度の集中に体力を奪われる。戦い終えた後、動けないほどに。

ああ、そうだ、竜を殺しに行かなければ。

騎士どもに命じて、竜と姫を王城へ連行したのだ。竜を尖塔《せんとう》に、姫を地下牢《ろう》に、引き離して投獄した。

騎士どもに竜を殺させなかったのは、彼らが殺し方を知らないからだ。竜を殺すにはコツがいる。強靭《きょうじん》な生命力を持つ竜を徒《いたずら》に傷付ければ、想定を超える力で暴れられ、逃げられる恐れがあるのだ。ウォレンでなければ、速やかに殺せない。

竜の殺し方を知る者はもう王国にほとんどいない。竜殺しの女王は死んだし、女王の補佐部隊もウォレン以外はみな死んでいる。戦いで死ななかったものも、老いで死んだ。隊ではウォレンが最年少だった。

同時に、初代女王の時代を知る最後の臣下でもある。

ウォレンは琥珀《こはく》の竜が閉じ込められている尖塔《せんとう》へ向かう。

尖塔《せんとう》の最上階にある部屋に琥珀《こはく》の竜は閉じ込められていた。

体中に竜の力を弱めるスティレットが刺さっていた。力が入らず、脱出できなかった。

階段を上ってくる足音が聞こえてきた。何者かがこの尖塔《せんとう》にやってきた。

誰が来たのかなどわかり切っている。ウォレンという老兵か、あるいは騎士が自分を殺しに来たに決まっている。

ここは竜殺しの王国。悪い竜は殺されるしかない。

琥珀《こはく》の竜は最後に足掻《あが》いた。体を縫い留《とど》めているスティレットを抜こうと踏ん張った。だが、気合や根性でどうにかなるものではなかった。

扉が開けられた。そして人が入ってきた。

琥珀《こはく》の竜は死を覚悟したが。

『ああ……なんて惨《むご》い姿……』

入ってきたのは老兵でも騎士でもなかった。

現女王のクリムヒルトだった。

クリムヒルトもジークフリートの一族だから『竜の言霊《ことだま》』を話すことが出来た。

クリムヒルトは竜に駆け寄ると、体のスティレットを抜き始めた。クリムヒルトの力は少女のそれだったから、スティレット一本抜くのにも時間がかかった。

『痛むでしょうが、我慢してください』

確かに体から剣を抜かれれば痛む。だが、琥珀《こはく》の竜が感じている痛みよりも、クリムヒルトが感じている痛みの方が明らかに大きかった。

『う、ううううう！』

呪いの王冠がクリムヒルトを苦しめているのだ。今の彼女は本来、王国に仇為《あだな》す行為はできない。剣を抜こうと奮闘する彼女の額には脂汗が滲《にじ》んでいる。黒髪の隙間から血が滲《にじ》み出《で》た。頭部の血管が切れたらしい。痛みに耐えながら、琥珀《こはく》の竜を逃がそうとしている。

やめてくれとは竜は言わなかった。自分はなんとしてもこの尖塔《せんとう》を脱出して、ブリュンヒルドを助けねばならないからだ。代わりに琥珀《こはく》の竜は尋ねた。

『何故《なぜ》、そこまでして私を助けてくれる？』

『お願いがあるのです。どうか、姉様を連れて王国の外へ逃げてください。どんな手段を使ったかはわかりませんが、姉様は地下牢《ろう》を脱しました。見つけ出して、王国から逃げて』

クリムヒルトは痛みに呻《うめ》きながらも、翼を縫い留《と》めていたスティレットを抜き去った。

『この翼で姉様を連れ去ってください。この王国には姉様の居場所はありませんから』

その時、再び階段を上ってくる足音が聞こえてきた。今度は明らかに男性のそれだった。音質からも武人であることは疑いようがない。

ウォレンが来たのだ。

クリムヒルトはより急いでスティレットを抜く。体を貫くスティレットが減ったことで琥珀《こはく》の竜も体に少し力が入るようになっていたから、剣を抜くのを手伝えた。

最後の一本に取り掛かった時、足音が駆け足に変わった。尖塔《せんとう》に誰かがいることに気付いたのだろう。可能ならばクリムヒルトの王冠を壊してから脱走したいと琥珀《こはく》の竜は考えていたが、とてもその余裕はない。

ウォレンが部屋に入ってくるのと、最後のスティレットを抜くのは全く同時だった。

琥珀《こはく》の竜はこれから窓を破って外に出るところだったが、ウォレンは既に手に新たなスティレットを抜いていた。竜が脱出するよりもウォレンの方が速い。

スティレットが投擲《とうてき》される。

「やめて！」

尖塔《せんとう》に女王の声が響く。

両手を広げたクリムヒルトが割って入った。

その程度、ウォレンには何の障害にもならない。押しのけてスティレットを投擲《とうてき》することもできるし、少し射出する角度を変えてやれば押しのける手間すらいらない。竜を守ろうとするクリムヒルトの存在は無意味だった。

なのに、

羽ばたきの音が聞こえる。竜は逃走に成功していた。

ウォレンは動けなかった。竜が窓を破ったのを見逃してしまった。

窓の向こうに見える竜の姿が、どんどん小さくなっていく。

尖塔《せんとう》の一室に、女王と老臣だけが残されていた。

クリムヒルトが、黒髪の女王が不思議そうにウォレンを見つめている。

そして尋ねてくる。

「どうして……剣を投げなかったのです」

クリムヒルトには自分の無力さがわかっていた。自分が竜の楯《たて》にすらなれないことも。

ウォレンは答えずに、スティレットをコートにしまった。

ウォレンの頭の中に、竜を庇《かば》った時のクリムヒルトの声が響いている。

かつて少年が憧れたのも黒髪の女王だった。

身を挺《てい》して他人を守る姿が、一瞬だけ……被《かぶ》った。


「竜だ！　竜が出た！」

町をブリュンヒルドが歩いていると、人々が騒いでいるのが耳に入った。

見上げれば、ちょうど町の空を琥珀《こはく》色の竜が飛んでいるところだった。琥珀《こはく》の竜はブリュンヒルドを捜すために敢《あ》えて自分の姿を晒《さら》して飛び回っていた。

ブリュンヒルドは『竜の言霊《ことだま》』で竜の名を呼んだ。

『ベルンシュタイン！』

声に反応して琥珀《こはく》の竜は町を見下ろす。眼下には何人かの町娘たちがいたが、その中から白髪の村娘を見つけ出し、急降下した。そして咥《くわ》えた。

上昇しながら、ブリュンヒルドを上空に放り投げる。

「うわっ……」

ブリュンヒルドの落下先は、竜の背だった。琥珀《こはく》の竜はブリュンヒルドを器用に背にまたがらせたのだった。

下に見える町で、人々が喚《わめ》いている。「女の子が攫《さら》われた！」「騎士を呼べ！」

『ベルンシュタイン、無事でよかった。どうやって逃げてきたの？』

『お前の妹が手引きしてくれたのだ』

竜は高速で飛翔《ひしょう》を続ける。王城から離れる方角へと。

『……ねえ、どこへ向かっているの？』

『王国ではないどこかだ。どこでもよい。お前はそこで私と暮らすのだ』

『ダメだよ！』

ブリュンヒルドは少し声を荒げた。

『言ったでしょう。王冠を破壊するって。妹を見捨てて、逃げることはできないよ』

『その妹の願いなのだ』

ブリュンヒルドは口ごもった。

『私を逃がす時、クリムヒルトは言った。姉を連れて王国の外へ逃げてほしいと。無論、私も同じ気持ちだ』

『でも……』

『実際問題として、クリムヒルトを助けるのは困難だろう。あの老兵を倒す術が我々にはないのだから。お前を連れて外に出る。今度ばかりはどれだけ反対されようと連れていく』

琥珀《こはく》の竜の脳裏に過《よぎ》っていたのは、ウォレンに捕まるブリュンヒルドの姿だった。スティレットで無力化されていた竜は、その姿を眺めるしかできなかった。あんな無力感を味わうのはもう嫌だったし、ブリュンヒルドをあんな目に遭わせるのも嫌だった。

『これ以上、同じ過《あやま》ちは繰り返せぬ……』

静かに呟《つぶや》いたその言葉が、ブリュンヒルドには嬉《うれ》しかった。胸の奥にすっと届くような響きがあった。

『……ありがとう。君は本当に、私のことを好きでいてくれているんだね』

ブリュンヒルドは竜の首に腕を絡《から》ませた。その手つきにも確かに好意と慈《いつく》しみがあった。それで、琥珀《こはく》の竜は安心して王国の外へと羽ばたくことが出来た。

けれど。

『……なのに、ごめんね』

するりと首に巻き付いていた腕が消えた。

背中の重みも消えた。

まさかと思って振り向けば、ブリュンヒルドは自分の背から飛び降りていた。

地面に向かって真っ逆さまに落ちていく。初代女王は翼もなしに空を飛ぶことが出来たが、ブリュンヒルドにはできない。

『痴《し》れ者《もの》が！』

落ちていくブリュンヒルドを追う。流れ星のような速度で落ちていく。その落下寸前のところでブリュンヒルドを咥《くわ》えた。

咥《くわ》えたまま、琥珀《こはく》の竜は怒った。

『死ぬところであったぞ』

『死なないよ。私の体は無敵だから。まあ、ちょっと痛いかもしれなかったけど』

言われてみればそうではあった。咄嗟《とっさ》のことで、ブリュンヒルドが無敵の体を有していることは忘れてしまっていた。

『だとしてもなんという無茶を』

ブリュンヒルドは茶化していたが……地面に叩《たた》きつけられていたら、その痛みは「ちょっと痛い」では済まなかったはずだ。

『仕方ないじゃない。あのままじゃ竜と駆け落ちすることになっていたんだから』

『そんなに私が嫌か？』

『そうじゃない。ベルンシュタインのことは好きだよ。でも……それでも妹のことが優先なんだ』

『妹のことを愛しているのか？』

『うーん。どうだろう。そう言われるとわからないけれど……でも……クリムヒルトを守るのは私にとっては息をするのと同じくらいに当たり前なことなんだ。だから、見捨てるっていう選択肢は私の中にはどうしたってないんだよ』

それを愛というのだと、琥珀《こはく》の竜は心の中で思った。

琥珀《こはく》の竜は、人間よりも長い時間を生きている。愛という感情についても、少しは理解しているつもりだ。

ブリュンヒルドを無理やり外国に連れ去ったとしても、一人で王国に戻ろうとするだろう。

琥珀《こはく》の竜は、咥《くわ》えていたブリュンヒルドをそっと降ろした。ブリュンヒルドの細い足が、地面に着く。

『……仕方ない。今一度、策を練ろうか。お前の妹を助け出す策を』

クリムヒルトを助けた後でなければ、ブリュンヒルドを助けることはできないと琥珀《こはく》の竜は改めて理解したのだった。

「ブリュンヒルド！」

琥珀《こはく》の竜に連れ去られる白髪の少女をアニマは見た。攫《さら》われて喰《く》われると思ったのも仕方あるまい。彼には『竜の言霊《ことだま》』は聞こえない。

アニマは竜とブリュンヒルドを追った。だが、竜は速く、追いつくことは全くできなかった。

走り続けていたアニマだが、ついに息を切らして立ち止まった。俯《うつむ》き、肩で呼吸する。汗が滴《したた》って、地面に黒い染《し》みを作った。

「ちくしょう……。ブリュンヒルド……」

悔しそうに呟《つぶや》く彼に、声をかける者があった。

「おい、そこのお前」

見れば騎士が立っていた。上級の騎士しか身に付けることの許されない鎧《よろい》に身を包んでいる。

その騎士は、王国内でも上位十二人に数えられる者だった。王国の闇、霊薬や王冠の真実も知っている立場の男だ。

「今、ブリュンヒルドと言っていたな」

アニマは全身から血の気が引いていくのを感じた。

「いや……それは」

ブリュンヒルドのことは、今、王国中の騎士が捜し回っている。

騎士はアニマの腕を強くつかんだ。

「一緒に来てもらおうか」

アニマは王城へと連行された。

上級の騎士が直々に彼の尋問を行った。普通は上級の騎士が直々に尋問を行うようなことはないのだが、ブリュンヒルドの件は王国の薄暗い部分と密接に関わりがある。霊薬等《など》の事情を知る者でなければ、尋問を行えない。

ブリュンヒルドのことを聞かれて、アニマは全てを正直に話した。我が身が可愛《かわい》かったこともあるが、話したところでブリュンヒルドを捕まえる役には立たない事がわかっていたこともある。彼はブリュンヒルドを三日、匿《かくま》っただけだ。

上級の騎士も、アニマからは大した情報は聞き出せないと判断したらしい。

「もうお前に聞くことはない」

そう言って、尋問室を後にした。間もなく解放してもらえる雰囲気だとアニマは思った。

上級の騎士が出ていって、十分後、部屋にまた人がやってきた。

下級の騎士が自分を城の外へ連れていくのだと信じて疑わなかった。

だが、やってきたのは上級の騎士よりも遥《はる》かに身分が高い男だった。

暗い色のコートに身を包んだ老臣、ウォレンである。

部屋の空気が一変した。ウォレンの怜悧《れいり》な佇《たたず》まいは、アニマを緊張させる。

ウォレンは厳かに口を開いた。

「君が何者か、私は知っている」

ウォレンは手に槍《やり》を持っていた。アニマの家にあった魔槍《まそう》だ。ブリュンヒルドをまだ匿《かくま》っているのではないかと危惧し、アニマの家を捜索した騎士が見つけたのだ。

ウォレンの言葉は無骨だったが、アニマに向けた敬意が確かに感じ取れた。

「まずは詫《わ》びねばなるまい。旧王家は、今のように落ちぶれるべきではなかった」

女王の側近の一人であったウォレンは、旧王家のことも知っていた。彼らが自分らの責めに帰さない理由で迫害されたことも。

かつて竜殺しの女王は旧王家の保護を図った。女王の死後もその意思を継ぐ従者が生きている間は、旧王家は守られていた。しかし、実益を求める貴族たちからすれば、旧王家の保護など金の無駄遣いでしかない。女王が死に、その従者が死に、次第に旧王家への保護は弱まっていった。ウォレンは女王の意思を継ぎ、旧王家の保護を続けようとしていたのだが、女王亡《な》き後の王国には他にも対応すべき事柄が多く、結果として旧王家を守り切ることは叶《かな》わなかった。

「君が真の名を名乗れなくなったことも、私に責任の一端がある」

アニマは面食らった。自分のあずかり知らぬところに、自分の味方がいるとは思わなかったのだ。

「君さえ望むなら貴族として歓待しよう。君は下級の騎士で終わっていい人間ではない」

「……本当ですか！」

アニマの表情が明るくなる。彼は今日まで『普通』の暮らしを望んできた。けれど、普通以上の暮らしができるならそれに越したことはない。

「本当だとも。だが、私からも条件がある。もっとも大して難しい条件ではないがね」

「なんでしょうか」

ウォレンは、魔槍《まそう》をアニマへと差し出した。

「この槍《やり》を持ち、王国のために戦ってほしい。私と共に王国を護《まも》るのだ」

「え……」

アニマは迷った。

魔槍《まそう》を手にすること。それは貴族になるのとは別の意味合いがあるようにアニマには感じられていた。もし運命というものがあるとしたら、この槍《やり》を手にした時、自分はその大いなる流れに呑《の》まれてしまうように思えたのだ。

口ごもるアニマに、ウォレンは言った。

「君の真実の名は、英雄の名だ。英雄には、果たすべき責任が付随する。君の場合は、この王国に身を捧《ささ》げること。真実の名に相応《ふさわ》しい人間となりなさい」

「具体的に……何をすればいいんですか」

「手始めに、ブリュンヒルドを殺す手助けをしてもらいたい」

ウォレンは王国の闇をアニマに話した。アニマが自分の仲間になると確信しているのか、あるいは旧王家に対する罪滅ぼしのつもりだったのかはわからない。

「その槍《やり》は魔なるもの。あるいは、神の子の命を奪うこともできよう。君には期待している。私の後を継ぎ、王国の守護者となってほしいとさえ思っているのだ」

ウォレンはアニマを評価していた。

ウォレンは百年前の悪竜殺しの真実を知っている。初代女王がある時、自分にだけ教えてくれたのだ。

愚王と称された竜が、本当は命がけで初代女王を守っていたこと。悪竜として暴走してしまった自分を初代女王に殺させて、彼女を愚王の妻ではなく竜殺しの英雄に仕立て上げたのだ。

ウォレンにとって旧王家は、神の恩人である。だからこそアニマには、なんとしても初代女王の王国の守護者となってほしかった。

しかし、アニマは未《いま》だに迷いの中にある。それこそ、この出会いに運命めいたものを感じている。

「断ったら……どうなりますか」

「断れる立場かね？」

打って変わってウォレンの声は厳しくなった。

言外に伝わってくる。

英雄ならば、責任を果たさないことは罪であると。

ウォレンは壁に槍《やり》を立てかけた。

「槍《やり》を振う覚悟が出来たなら、その時は是非、君を真実の名で呼ばせてもらいたい」

ウォレンは槍《やり》を置いて部屋を出ていった。

アニマは槍《やり》を見つめていた。

ブリュンヒルドと戦うしかない。自分は今日まで長いものに巻かれて生きてきた。今もそうすべきだ。大体、断れる状況じゃない。「断ったらどうなるか」と尋ねた時のウォレンの返答からして、選択肢は実質的にないのだ。

わかってる。

「わかってるけどよ……」

ブリュンヒルドと過ごした三日間のことが過《よぎ》った。

嫌々ながらも野菜を食っている姿、病弱なくせに買い物に付き合ってくれた姿、最後に自分を気遣ってへたくそな嘘《うそ》を吐いて去った姿。

これが何も知らない他人なら楽なのにと思った。一緒に過ごしたのはほんの三日なのに。友達とは呼べないかもしれないが、もう他人とも思えなかった。

「俺は……」

アニマは椅子に座ったまま動けなかった。このまま答えを出さない方が楽だと思った。

ブリュンヒルドと琥珀《こはく》の竜はジークフリート家の旧家に向かった。旧家は初代女王が巫女《みこ》だった頃に住んでいた家である。初代様が女王となって以降は、彼女の親族が住んでいた。

住人や使用人が外出したのを見計らって、ブリュンヒルドと琥珀《こはく》の竜は侵入を試みた。

空き巣を阻《はば》むために厳重に施錠《せじょう》されていたが、ブリュンヒルドは雷霆《らいてい》の力でそれを破壊できた。

ここに来たのは、竜についての書物を漁《あさ》るためだった。旧家の地下には、歴代の竜の巫女《みこ》が書き記した書物があるのだ。それらは経年劣化により、持ち運ぼうとすると容易に崩れてしまう。そのため王城や学院に移すことができず、引き続きこの家に保管されている。ジークフリート家の親族がこの家に住んでいるのは、これら書物を守るためという意味合いもあった。

書庫でブリュンヒルドはお目当ての書物を見つけた。それは竜の秘術について書かれたものだった。別の部屋から持ってきた宝石のネックレスに、鏨《たがね》を用いてまじないを彫り込んでいく。

琥珀《こはく》の竜は尋ねた。

『私が元の姿に戻れる宝石をまた作ってくれているのか？』

かつて琥珀《こはく》の竜が贈られた宝石は、尖塔《せんとう》に幽閉された時に没収されていた。

『それもそのうち作ってあげる』

鏨《たがね》が止まった。まじないを彫るのが完了したのだ。

ブリュンヒルドは竜の首にネックレスをかける。途端、竜が変身を始める。

王城の上級兵士に変わった。鎧《よろい》の類も着用していた。

「竜の秘術は、本来は好きな格好に姿を変えられるのさ。王城の騎士に変身できるまじないを彫り込んだ。これで王城に侵入しよう」

「なるほど。では、私が単独で侵入し、クリムヒルトの王冠を破壊し、救出してくるということでいいかな？」

「一人で行かせるわけないじゃないか」

ブリュンヒルドは使用人の部屋へ向かった。そこにはメイドの服が数着ある。この旧家で働いているメイドのものだった。

「私はメイドに変装して同行するよ。一人だと何かあった時に危ないから」

言って、ブリュンヒルドは使用人の部屋に一人で入った。五分ほどして出てくる。メイド服に着替えたブリュンヒルドは可憐《かれん》だった。白い髪はキャップでうまく隠している。目さえ閉じればもはやただのメイドにしか見えまい。

ブリュンヒルドは服を見せつけるようにひらりと回ってみせた。スカートが美しく翻《ひるがえ》った。

「どう？　似合っていると思うんだけど」

「似合っている。それにしても楽しそうだな」

「一度着てみたかったんだよね。かわいいから」

ブリュンヒルドは逆境であっても、明るさを失わない少女だった。早くこの少女を逆境から救いたいとベルンシュタインは思うのだった。

二人は旧家を出て、王城へと向かった。

王城には堂々と正門から入ることができた。門番がベルンシュタインにお辞儀をする。ベルンシュタインが上級の騎士の装《よそお》いをしているおかげで、誰も二人のことを不審には思わなかった。

クリムヒルトの居場所を捜すとやはり玉座の間にいるのがわかった。

二人は騎士とメイドの振りをして、玉座の間に入り込む。

玉座の間には老臣と、騎士団長をはじめとした騎士たち、そして掃除をするメイドや執事がいた。

玉座に座るクリムヒルトは頭を押さえて苦しんでいるようだった。王冠の命令に必死に抗《あらが》っているのだ。

「クリムヒルト……！」

ブリュンヒルドは飛び出して、助けにいきそうになった。

だが、それをベルンシュタインが制した。

『ウォレンがいる』

老兵がクリムヒルトの傍《そば》に控えていた。彼以外にも無数の騎士が玉座の間にはいた。

掃除をするふりをしてしばらくウォレンの様子を見ていたが、クリムヒルトの傍《そば》を離れる気配はなかった。

『もしかすると……私がクリムヒルトを助けに来るって読んでるのかもね』

けれど、ブリュンヒルドだって何も考えずにこの場に赴いたわけではない。

ブリュンヒルドはベルンシュタインに指示をする。

『近くのテラスで待っていて。すぐに行くから』

ベルンシュタインは指示に従って、テラスへと向かった。

ブリュンヒルドは玉座の間の入り口近辺から、玉座のクリムヒルトに向かって呼びかけた。

『クリムヒルト。こっちにいらっしゃい』

『竜の言霊《ことだま》』による呼びかけだった。これを扱えるのは、ジークフリート家か竜のみ。『竜の言霊《ことだま》』は音ではないので、王城の兵士たちには聞こえない。聞こえる者の頭に直接響くのだ。

『竜の言霊《ことだま》』を用いてクリムヒルトをブリュンヒルドの近くまで来させて王冠を雷霆《らいてい》で破壊、後はテラスにいるベルンシュタインと合流し、竜の姿に戻ってもらって逃走する。これがブリュンヒルドの策だった。

『クリムヒルト』

呼びかけが聞こえたようで、クリムヒルトが顔をあげた。

『姉様？』

『助けに来たよ。どうにかして玉座の間の出口まで来られない？　そうすれば王冠を壊して逃げられるんだ』

クリムヒルトが玉座の間の出口の方を見た。

『お姿が見当たりませんが……』

『メイドの格好をしているよ』

クリムヒルトは改めて周囲を見渡して、言った。

『ああ、見つけました。すぐに向かいます。何か玉座を離れる理由を作って……』

だが、その瞬間、傍《かたわ》らのウォレンが騎士たちに言った。

「ブリュンヒルドが来ているようだ。捜せ」

『⁉』

騎士団長とその配下たちが、ブリュンヒルドの捜索を始めた。

まさか『竜の言霊《ことだま》』が聞こえたのだろうか。

(ありえない。そんなはずが……)

その時、ブリュンヒルドは気付いた。ウォレンがクリムヒルトの顔を見ていること。妹の表情の変化から、ブリュンヒルドが近くに来たことを推測したのだろう。ならば『竜の言霊《ことだま》』で会話をしたことも恐らくバレている。ウォレンは歴代女王の側近だった。『竜の言霊《ことだま》』そのものは聞こえなくても、その存在及び性質については熟知していてもおかしくない。

騎士だけでなくウォレンまでブリュンヒルドの方へやってくる。

(まずいまずいまずい……)

　ブリュンヒルドは慌てて、けれど、できるだけ平静を装《よそお》って玉座の間から離れようとする。自分はメイドの格好をしているのだ。この玉座の間には、自分以外にも数名のメイドがいる。慌てて動かなければやりすごせるかもしれない。

　落ち着いてさえいれば大丈夫。

　と思ったのだが。

　強い視線を感じた。

　ウォレンが自分を見ていた。それに気付いた時、悪寒《おかん》がブリュンヒルドの背筋を駆け抜けた。

「ブリュンヒルドが来ているようだ」と言った時に、わずかに不審な動きをしたメイドを老兵は見逃さなかった。すでにウォレンはブリュンヒルドに狙いを定めていた。

　つかつかと早足でこちらへ迫ってくる。

　ブリュンヒルドの体が恐怖を叫ぶ。

　逃げろ――。

　スティレットで貫かれた痛みを体が思い出す。

　だが、それを理性か、あるいは感情が抑え込んだ。

（ここまで来て、何もせずに逃げるわけにはいかない）

　ブリュンヒルドは雷霆《らいてい》を構えた。ウォレンの鷹《たか》のような目がブリュンヒルドの右手を睨《にら》んだ。

　雷霆《らいてい》を放つ。閃光《せんこう》が走る。

狩りで鍛えた矢は、百発百中だ。

もっともそれは相手が歴戦の老兵でなければの話である。

老兵は容易《たやす》く、光の矢を躱《かわ》した。

ブリュンヒルドは思わず小さな声で口走った。「計算通り……！」

雷霆《らいてい》は老兵を狙ったものではなかった。

老兵の後ろ、クリムヒルトめがけて飛んでいく。

正確には、クリムヒルトの頭にある王冠を。

百発百中の矢は、離れた位置にあった王冠も正確に撃ち抜いた。ガラスが割れるような音がして、王冠が砕け散った。

鉄面皮の老兵も、これには目を剝《む》いた。クリムヒルトの方へ振り向き、王冠が砕け散るのを眺めていた。

ウォレンはすぐにブリュンヒルドへと向き直った。そして彼にしては珍しく、憎悪《ぞうお》のこもった声で呟《つぶや》いた。

「貴様……」

ブリュンヒルドはもう玉座の間を出ていた。廊下を走っているけれど逃げ切れるわけがない。

ブリュンヒルドは病弱のせいで、走るのがとても遅いのだ。ベルンシュタインが待っているテラスに着く前に捕まってしまう。

背後から男の足音が追ってくる。

（イチかバチか……）

ブリュンヒルドは角を曲がる。そして、すぐ近くにあった部屋へと飛び込んだ。この部屋に隠れてやり過ごそうと思ったのだ。例えばクローゼットの中に入ったりベッドの下に潜り込んだり。うまくいく可能性は低いが、もうそれしかない。そもそもこの作戦を実行するには、入った先の部屋が無人である必要がある。

迷っている時間はない。ブリュンヒルドは部屋へ飛び込んだ。勢いあまってキャップがずり落ち、長い白髪が露《あら》わになった。

不幸にもそこには人が居た。

だが、これは果たして幸運なのか。その人間をブリュンヒルドは知っていた。

「アニマ……？」

椅子に座っていたアニマが、ブリュンヒルドを見て立ち上がった。

「ブリュンヒルド？」

二人は静止して見つめあった。

「アニマ、どうしてここに……」

ブリュンヒルドはハッとする。

「まさか、私を匿《かくま》ったから……」

アニマは苦々しい顔で言った。「まあ、そんなところだ……」

ブリュンヒルドは思案してから言った。

「……逃げたいなら、協力するよ」

アニマが自分のせいで酷《ひど》い目に遭っているとしたら、助ける責任がある。

「この先のテラスに、上級の騎士がいる。彼は私の従者の竜なんだ。彼に乗って、城を出るといい」

アニマだって馬鹿ではない。その竜が、ブリュンヒルドの脱出手段であることは容易に推測できた。共に過ごした時に、ブリュンヒルドは言っていた。「助けに行くべき人が王城にいる」と。メイドの姿に変装しているのも、その一環なのだろう。

「お前が逃げられなくなるんじゃないのかよ」

「私のことはいい。君は私を助けてくれた。恩人にひどい目に遭ってほしくないんだ」

アニマは自分が惨《みじ》めになった。今、アニマはこう考えているのだ。

ここでブリュンヒルドを殺せば、ウォレンの期待に応えられる……。

壁に立てかけられている槍《やり》を見た。

アレを持てば、ブリュンヒルドを殺せる。

そんな考えに気付くことなく、ブリュンヒルドが急《せ》かす。

「何をぼーっとしているんだい。早く……」

自分が捕まるかもしれないって言うのに、この少女は他人の心配ができるのだなとアニマは思った。一方で、自分を助けてくれようとしている人を殺して保身を図ろうとしているのが自分なのだった。

アニマの中に激しい迷いが生じた。ブリュンヒルドを殺すかどうか。

その時、扉が開けられた。入ってきたのはウォレンだった。手にはすでにスティレットを握っている。続けて、騎士たちも入ってきた。

「くっ……」

ブリュンヒルドはアニマを背中に庇《かば》うように動いた。その右手には雷霆《らいてい》が編まれている。

だが、ウォレンは警戒すらしなかった。武人ですらないものの矢など、避けるのも撃ち落とすのも容易なのだ。この瞬間にブリュンヒルドを無力化することさえできる。

だが、敢《あ》えてウォレンはそうしなかった。

ブリュンヒルドとアニマを交互に見て、ウォレンは言った。

「ちょうどいい機会だ」

アニマの心臓が嫌な高鳴りをする。

ウォレンはアニマに言う。ほとんど命令に近い口調で。

「ブリュンヒルドを殺したまえ。英雄となるのだ。君の真の名を裏切るな」

アニマは停止していた。まだブリュンヒルドを殺す踏ん切りがついていない。

ブリュンヒルドはじっとアニマのことを見ていたが、それは命乞いのためではない。少女はアニマの顔を見つめて、状況を推測していた。

「……状況は大体わかったよ。アニマ、槍《やり》を持って。私を殺すんだ」

「でも……お前……」

「いいんだ。もう私は役目を果たしたから。クリムヒルトの王冠は壊した。あの子は自由のはず。私の妹は馬鹿じゃない。今頃一人で王城から逃げ出しているだろう。なら、私はもう満足なんだよ」

それでも動けずにいるアニマにブリュンヒルドは悪辣な口調で言った。

「何を躊躇《ためら》っているか知らないけどね……。たった三日一緒にいただけで、感情移入しすぎなんだよ。言っただろう。私は君みたいな下郎は嫌いだ。私と君は友達じゃない」

「お前……」

怒りを孕《はら》んだ声をアニマは漏らした。

ブリュンヒルドの言葉で、アニマは動き出した。

壁に立てかけてあった槍《やり》を手に取る。

ゆらりとそれを構える。

ブリュンヒルドは目をつむった。魔なる槍《やり》なら自分の命を奪えるかもしれない。けれど、決して保証があるわけではないのだ。死にきれずに苦しむことになるかもしれない。せめて一刺しで楽になれることを願った。

アニマは憎々しい声で呟《つぶや》いた。

「……ざけんなよ、お前」

槍《やり》が閃《ひらめ》く。魔なる一撃が繰り出される。

ガキンという音がして、スティレットが宙を舞っていた。

槍《やり》は、ウォレンの武器を弾《はじ》き飛《と》ばしていた。

アニマがブリュンヒルドに向かって吠《ほ》える。

「ざけんなよ、お前！　お前のせいで俺の人生設計はめちゃくちゃだ！」

空いている手でアニマはブリュンヒルドを抱え上げる。ブリュンヒルドの体は小さく、とても軽かった。

そのまま部屋の出口へと駆けていく。

（なにが友達じゃない、だ）

アニマは歯ぎしりする。

「男は馬鹿だからよ……。三日も一緒にいたら友達なんだよ」

逃げ出そうとする二人をウォレンは黙って見ていたわけではない。スティレットのストックをコートから取り出すと、それをブリュンヒルド目掛けて投擲《とうてき》した。

「……っ！」

それをアニマはどうにか槍《やり》で撃ち落とす。

だが、その隙をウォレンが見逃すわけがなかった。

新たに抜いたスティレット、その白刃《はくじん》が既にアニマを狙っていた。

刀身はもう、アニマの目前にまで迫っている。

(躱《かわ》せねえ……)

アニマの脳裏を後悔が過《あやま》った。

数秒先に、自分は剣で貫かれているだろう。スティレットは躱《かわ》せないし、迎撃することもできない。

(ちくしょう。後先考えずにブリュンヒルドを助けるんじゃなかったかもなぁ……)

アニマは、襲い来る痛みに備えるしかできなかった。

が。

からんと硬質な音が響いた。

見れば、スティレットが床を転がっている。

撃ち落とせないはずのものが撃ち落とされていた。

「は……?」

この場で一番戸惑っていたのは、恐らく槍《やり》を持つアニマだった。

槍《やり》が勝手に動いていたのだ。まるで意思を持つかのように、凶刃《きょうじん》を跳ねのけた。これが魔《ま》槍《そう》の魔なる所以の一つなのかもしれない。

アニマは思い出していた。

この槍《やり》が自分たちを守ってくれると、彼の一族が信じていたことを。

すぐにウォレンが新たなスティレットでアニマを刺そうとしたが、槍《やり》はそれも弾いた。穂先が躍る。

二人の王族を魔手から守り切るために。

かつての持ち主の無念を晴らそうとしているかのようだった。

ウォレンがスティレットをアニマへと振るう。それをアニマは、本来の彼以上の実力を発揮して打ち払う。

十合ほど切り結ぶ。

だが、決着はつかない。これが並の戦いならば、とっくに魔槍《まそう》が相手の心臓を穿《うが》っていただろう。しかし、ウォレンは老いてなお、魔槍《まそう》と拮抗《きっこう》するだけの実力を有していた。

魔槍《まそう》と老兵の凌《しの》ぎ合いは激しく、駆けつけた騎士たちは手出しできなかった。

剣戟《けんげき》の音が響く。

徐々に魔槍《まそう》の動きが鈍くなってきた。

否、逆である。ウォレンの動きが冴《さ》えわたり始めたのだ。ウォレンは切り結ぶほどに敵の攻撃を理解して見切っていく。恐ろしい才能の持ち主だった。

「クソッたれ……」

次第にアニマの方が押され始めた。

劣勢と感じ取ったブリュンヒルドが服のポケットから小瓶を取り出した。中には銀色の固体と液体が入っている。それをウォレンに向かって投げつけた。

ウォレンは一瞬、対応に迷った。

処理は容易だ。躱《かわ》すことも、斬り捨てることも。だが、先刻のことが脳裏をよぎる。雷霆《らいてい》を躱《かわ》して、王冠を破壊された。この小瓶も躱《かわ》せば敵の思うつぼかもしれない。自分に回避させるために小瓶を投げていたとしたら。

結論、ウォレンは小瓶を斬り落とすことに決めた。スティレットが小瓶に向かって振るわれる。

その瞬間、ブリュンヒルドはアニマの目を両手で塞いだ。そして自分も固く目をつむる。アニマが叫ぶ。「何を……！」

壊された小瓶から強烈な閃光《せんこう》がほとばしった。部屋を真っ白へと染め上げる。

小瓶の中に入っていたのは、化学反応によって光を放つ薬品だった。光は目くらましとなって、ウォレンの視力を奪う。目を閉じていたブリュンヒルドと、視界を塞がれていたアニマだけが無事だった。

もし小瓶を躱《かわ》されていればまずかったとブリュンヒルドは思う。躱《かわ》されていれば、ウォレンの背後で小瓶は炸裂《さくれつ》していただろう。視界を奪うこともできなかったに違いない。もっとも、先刻のやりとりから回避よりは迎撃を選ぶはずと見込んでの投擲《とうてき》ではあったが。

これで逃げられる。二人はそう確信し、いよいよ部屋を出る。

だが、それは叶《かな》わなかった。

ぐさりと剣の刺す音が足元から響いた。

アニマの進行方向の一歩先の床に、投擲《とうてき》されたスティレットが突き刺さっていた。

「嘘《うそ》だろ……」

ブリュンヒルドが狼狽《うろた》えるのも無理はない。

ウォレンが動いたのである。まるで目が見えているかのように。

視界が塞がれようと、達人の戦いにはさほど影響はないのだ。音で、臭いで、肌に触れる空気の流れで、敵の位置や動きはほとんどわかる。

新たにスティレットを抜いて、老兵はアニマへ迫る。

老兵の猛攻は止まらない。切り結ぶうちにどんどんと部屋の奥へと押し込まれていく。

出口の扉が遠ざかっていく。魔槍《まそう》の攻撃はほとんどパターンを読まれ始めている。

ついに窓際《まどぎわ》まで追い詰められた。

飛び降りて逃げようかとアニマは思ったが、とても無理だ。ここは地上十階なのだ。落ちた先は石畳であるし、確実に死ぬ。

だが、ブリュンヒルドは叫んだ。

「飛ぶんだ、アニマ！」

「ざけんなお前……！」

自分は無敵の体を持っているから落ちても平気だと言いたいのか。

「君を死なせはしない。私を信じてくれ」

アニマに選択の余地はなかった。このまま切り結べば、近いうちに打ち負けて死ぬだけだ。もうブリュンヒルドを信じるしかない。

「クソッたれ……」

アニマは窓を叩《たた》き割《わ》って外に飛び出した。ウォレンは追ってこない。当たり前だ。追ってくれば落ちて死ぬ。

ブリュンヒルドとアニマの体が自由落下を始める。

「うあああああ……」

ブリュンヒルドは何か策があって、飛べと言ったのかと思ったがそうではなかったらしい。自分が助かるために、アニマを騙《だま》したのかもしれない。

アニマは泣き叫んだ。

が、落ちていく二人を空中で受け止める者があった。

琥珀《こはく》の竜だった。

「『竜の言霊《ことだま》』で部屋の近くまで呼んでおいたんだ」

アニマとウォレンが切り結んでいる間、ブリュンヒルドは『竜の言霊《ことだま》』で琥珀《こはく》の竜と会話をしていたのだ。人の言葉ではないから、二人の耳には届いていなかった。

ブリュンヒルドはアニマに向かって微笑《ほほえ》んだ。

「な？　信じてよかったろ？」

返事はない。

アニマは泡を吹いて気絶していた。


ウォレンは割れた窓の欠片《かけら》を見下ろしていた。見事に出し抜かれてしまった。

計画は全て失敗に終わった。

王冠は壊され、ブリュンヒルドとアニマには逃げられ。

玉座の間に戻った。せめて砕け散った王冠の欠片《かけら》を集めようと思ったのだ。

もはやもぬけの殻になっているだろう玉座の間に入る。

だが、そこには人がいた。

クリムヒルトだった。

クリムヒルトが散らばった王冠の欠片《かけら》を集めていた。

思わずウォレンは問うた。

「何故《なぜ》、逃げなかったのです」

クリムヒルトは大人しいが、それでも『神の力』と無敵の体を有する。王冠の戒めもない以上、本気になれば騎士程度なら足蹴にして脱出できたはずなのだ。

「いやしくも私は女王。姉様に誓ったのです。自分の責務から逃げたりはしないと」

クリムヒルトは、手の中にある銀色の欠片《かけら》を見つめながら穏やかな声で答えた。

「それに、こうも言ったはずです。あなたの非道が、悪意に発したものとは思えないと……」

それらだけが理由ではない。尖塔《せんとう》での出来事も大きな要因だった。自分に向けてスティレットを振り抜けなかった姿を見ていなければ、逃げていたように思う。

集めた王冠の欠片《かけら》を、クリムヒルトはウォレンに差し出した。

「受け取ってください。私には呪具でも、あなたには聖遺物なのでしょう?」

かつて老臣が言ったその言葉。

クリムヒルトはこういう意味だと思った。

女王を好きなように戒めることができ、都合がいいから聖遺物なのだと。

けれど、もしかすると別の意味があるように今は思えていた。

王冠が破壊された時、ウォレンは初めて感情を露《あら》わにしていた。憎悪《ぞうお》の感情だ。

大事なものが壊されでもしない限り、人はあんな風に怒らない。

「どうして、この王冠がそれほどまでに大事なのですか」

ウォレンは自分の過去を語らない。語るほどの過去ではない。

ウォレンはコートから革の袋を取り出した。そこに受け取った欠片《かけら》を流し込みながら、これだけ言った。

「ただ私は、声が聞きたいのです。その王冠を被《かぶ》れば聞こえるという声を」

王冠を被《かぶ》れば、初代女王の声が聞こえてくるらしい。

しかし、ウォレンが王冠を被《かぶ》ったところで声が聞こえることはない。

この王冠はあくまで王族を戒めるもの。王族以外には聞こえない。

ウォレンは思う。

もう一度あの声が聞けたらと。

叶《かな》うことはない。聞こえないものは聞こえないのだから。

尤《もっと》も聞こえなくともウォレンはその声の求めを果たすだけだ。

王国に身を捧《ささ》げなさい——。

クリムヒルトはウォレンに言った。

「姉様は殺させません。けれど、あなたの理想が間違っているとも断じることができない。……それでも、どちらかの道を選ぶか決めないわけにはいきません。私は女王ですから」

クリムヒルトは誠意をもって言った。

「ウォレン。私を信じてくれませんか」

「と仰《おつしや》いますと」

「私は……霊薬のことを民に公表しようと思います。この国に病魔を蘇《よみがえ》らせることになるでし

よう。けれど、それはもう避けられぬことではないでしょうか。生贄《いけにえ》を捧《ささ》げるに等しい儀式を

いつまでも続けることができるとは私には思えないのです。贄《にえ》を求めていた悪竜が、終《つい》には滅

んだように」

ウォレンは静かに耳を傾けている。

「初代様は亡《な》くなりました。もう、初代様の時と同じ王国を維持することはできないのです。

霊薬の製造のことだけを言っているのではありません。異国からの脅威だって現実化していま

すし、被差別階級だって新たなものが生まれ出てきています。できないことはできないと正直

に告げるのも為政者の務めではありませんか」

クリムヒルトが王冠を壊されても逃げなかったのは、この話をするためだった。

ウォレンは今日まで女王の創った王国を守護してきた。いわば為政者のはずだ。手段こそ非

道だが、王国の民の為《ため》に尽くしている。ならば、歩み寄りによる相互理解は可能だと思うし、

それを試みるのが女王の役目だ。

「どうか私を……いいえ、私たちを信じてください。初代様の治世ほど完璧な王国は作れない

でしょうが、病魔をも乗り越える力強い国を作ってみせるとお約束します」

そこまで話し終えて、クリムヒルトはぞっとした。

ウォレンはクリムヒルトを冷たい目で見ていたからだ。覚悟を決めて話したクリムヒルトがたじろいでしまいそうな、底冷えする目つきだった。

「戯《おど》けたことを仰《おつしや》いますな」

ウォレンのことを為政者と考えた。それがクリムヒルトの過《あやま》ちだった。

「初代様はお亡《な》くなりになられた。だからこそ、残された者には責任があるのです。初代様の創り上げた理想郷を永遠のものにする責務が」

ウォレンは王国の守護者だが、決して為政者ではない。

ウォレンの望みは、初代女王の王国を護《まも》ること。

それは民を思う為政者に似ているようで、全く違う。

ウォレンはクリムヒルトの腕を摑《つか》んだ。強い力にクリムヒルトが短い悲鳴を上げた。

「王冠は砕けましたが、まだ協力していただきましょう」

ウォレンはコートからスティレットを取り出した。次の瞬間には、切っ先がクリムヒルトの手足を貫いていた。

「この刃で縫い留《とど》めておけば、王冠の支配に頼らずともあなたを拘束することは容易《たやす》い。更に枷《かせ》も嵌《は》めて、御身はこの玉座の間に放り込んでおきます。騎士らには、お体の具合が悪くしばらく籠っておられると伝えておきましょう。そうすれば、騎士らへの命令権は摂政《せつしよう》である私にあるままです」

クリムヒルトは恐怖を感じながら、けれどウォレンの目を正面から見据えていった。

「なんて悲しい人」

スティレットが喉を貫いた。

「これで無用なお喋《しゃべ》りもできますまい」

ウォレンは玉座の間を出ると、誰も立ち入れぬように鍵をかけた。もはやウォレンはクリムヒルトに女王としての能力は求めていなかった。王冠を失った今、ただ子を産ませるために——すなわち霊薬の材料を作らせるために——監禁して生きながらえさせようと考えていた。

ウォレンのするべきことはふたつ。

ひとつ目はブリュンヒルドを捕らえること。これは殺して霊薬とするため。

ふたつ目はアニマを捕らえること。これはブリュンヒルドを殺せる槍《やり》を奪うため。

全ての騎士に指示を出し、ブリュンヒルドとアニマの捜索を始めさせなくては。

ウォレン自身も捜しに出る。今ウォレンが最も危惧しているのは、ブリュンヒルドが従者の竜の背に乗って、国外へ逃げてしまうことだった。早急に身柄を確保したい。

ウォレンがクリムヒルトを奥へと引きずっていく。

「…………」

その様子を陰から騎士団長のアロイスが見ていた。

ブリュンヒルドらを連れた琥珀《こはく》の竜は、王城から離れた村に降り立った。片田舎である。ここならばすぐには騎士は追ってこられないはずだった。

宿の一室を取った。気絶しているアニマをちゃんと休ませてやりたいとブリュンヒルドが言い出したのだった。

アニマをベッドに横たえさせた。部屋には二人だけだ。ベルンシュタインは服を調達するために出かけている。

一時間ほど経って、アニマが目を開けた。

「なんで……俺は生きているんだ。飛び降りたのに……」

飛び降りた後に起きたことはブリュンヒルドが説明した。

「ああ、そうだった。お前なんかを助けようとしちまったから、俺の人生設計がぶっ壊れちまったんだ……」

「それについては本当にごめんね。恨み言ならいくらでも言ってくれてかまわない」

「じゃあ、遠慮なく言わせてもらうけどな……」

そこからアニマは様々な恨《うら》み辛《つら》みをブリュンヒルドにぶちまけた。

だが、ブリュンヒルドは嫌な顔ひとつしないで聞いていた。

それが不審に思えてきて、アニマはブリュンヒルドに尋ねた。

「どうして悪口言われて平気なんだよ」

「だって、すごく嬉《うれ》しかったんだ。君が私を友達だと言ってくれたのが……」

アニマは赤面して、言葉に詰まった。

「君は口が悪いところがあるけれど、心の奥底では私のことを友達だと思ってくれている。だから、どんなことを言われても平気だよ」

アニマは顔を手で覆った。

「それを言われたら……もう何も言えねえだろうが」

それきり黙り込んでしまったアニマの姿が、ブリュンヒルドの眼《め》には愛らしく映った。

しばらくすると、アニマは平静を取り戻して言った。

「なあ、俺はこの後……どうしたらいいかな」

アニマは普通の暮らしに戻りたい。

けれど、もう自分が追われていることくらいは分かっている。

「ウォレンに槍《やり》を向けちまったから……」

「それだけじゃない。多分、ウォレンは君の槍《やり》を探しているんじゃないかな。私がクリムヒルトの王冠を壊した以上、もうクリムヒルトに私を殺させることは難しいだろう。そうなれば、私を殺せる道具は魔槍《まそう》だけだ」

それを聞いて、アニマは頭を抱えた。状況は自分が思っていたよりも悪かった。

「もう逃げて暮らすしかねえのかな」

「そんなことさせないよ。私が君を普通の暮らしに戻してみせる」

「どうやって」

「決まってる。ウォレンを倒せばいい」

ウォレンを倒すか、摂政《せっしょう》の地位を剝奪する。

それでアニマもブリュンヒルドも追われることがなくなる。あの男が王国の実権を握っている限り、ブリュンヒルドらに未来はない。

「……私には彼が目指している王国の姿は、もはや実現不能なものに思えるんだ。すでに新しい王国の在り方を考える段階だと思う」

これはクリムヒルトと同じ考えだった。

アニマが至極まっとうな質問をした。

「あれを倒すってどうやって」

それまで饒舌《じょうぜつ》に話をしていたブリュンヒルドが黙った。

それでアニマが笑った。

「倒せるわけねえよ。あんなバケモン」

「策を考えたい。少し時間が欲しい……」

それからブリュンヒルドらは数日の間、田舎の村にとどまった。

だが、ウォレンを倒す作戦は、どうしても思いつかなかった。

ブリュンヒルドが策を考えている間、アニマは戦いの訓練をすることにした。

一朝一夕で強くなれるとは思っていない。だが、自分にできることをしたいと思った。せめて魔槍《まそう》の足を引っ張らないくらいには強くなりたい。

夜遅くまで槍《やり》を振り回している姿を、ベルンシュタインが見つけた。

ベルンシュタインはアニマに声をかける。

「精が出るな。だが、一人でがむしゃらに槍《やり》を振り回しても、戦いの役には立てんぞ」

「うるせえよ」

アニマは槍《やり》を振り続けながら応えた。

「できることは全部やるんだよ。それしかできねえからな」

ベルンシュタインは薄く笑って言った。

「若いな」

その言葉に、若者を嘲るような調子はない。むしろ少しばかりの羨みが混じっている。

「私が手伝ってやろう」

ベルンシュタインは竜へと変身して、アニマの前に立った。

それでアニマはたじろぐ。琥珀《こはく》の竜は体高二メートルほどしかない小型な竜だが、それでも威圧感は十分だった。

かった。

琥珀《こはく》の竜がアニマを睨《にら》む。『竜の言霊《ことだま》』がわからないアニマでも、何を言っているのかがわかった。

「私程度に怯《ひる》んでいては、ウォレンに勝つことなど夢のまた夢」

そう言っているのだ。

アニマは槍《やり》を振るい、ベルンシュタインと模擬戦闘を始めた。


やがて刻限がやってきてしまった。

ブリュンヒルドが策を思いつくよりも早く、王国の騎士たちがこの片田舎にやってきたのである。

王国の騎士たちは優秀で、ブリュンヒルドの想定よりも早く、彼女たちの居場所を突き止めたのだった。

総勢十二名の騎士たちを率いているのは、アロイスという名の騎士団長だった。立派なひげを蓄えた初老の男で、腰には古いグラディウスを提げている。

騎士団長たちが村にやってきたのは、夜だった。

十二人の騎士たちはブリュンヒルドらの泊まっている宿をすみやかに包囲する。絶対に逃がさないために。

その包囲に気付いたのは、アニマだった。

速やかにブリュンヒルドとベルンシュタインを起こして、耳打ちした。

「囲まれている。しかも相当強い騎士にだ」

アニマは、宿を囲む騎士の鎧《よろい》に見覚えがあった。騎士団でも選《え》りすぐりの十二騎士が身にまとう鎧《よろい》だった。

ブリュンヒルドが窓から外を覗《のぞ》く。弓を手にした騎士がいた。

「空を飛んで逃げると思われているみたいだね」

「そうすべきだ。私は二人を運んで飛ぶだけの力がある」

「いや、空からは逃げない」

「何故《なぜ》」

「私と君だけなら空から逃げていい。君は竜の再生力があるし、私は死なない体だ。でも、万一、アニマに当たったら取り返しがつかない」

アニマが罰の悪そうな顔をした。「わりい……」

「謝らないで。私は何度も、君に助けられているんだから。……それに、ちょっと気にかかっていることがあるんだ」

「ふむ？」

ブリュンヒルドは窓の外にいる騎士の顔を見つめながら言った。

「正面突破を試してみたい」

「包囲、完了しました」

宿の外で若い騎士が、騎士団長に告げる。騎士団長の配下十二名のうち十名が、ブリュンヒルドらを逃がさないように配置についていた。残りの二名は騎士団長と共に正面から宿に入る。

騎士団長は厳かに頷《うなず》いた。

「では、行くぞ」

「はっ！」

騎士団長アロイスが宿に入ろうとしたその時、宿から人が出てきた。

「ブリュンヒルド様……！」

ブリュンヒルドが正面から出てきたのだ。

その右手には、既に雷霆《らいてい》が纏《まと》われている。それを騎士団長アロイスに向けていた。

「団長！」

騎士たちが叫んだ。

ブリュンヒルドは雷霆《らいてい》を放つ。アロイスは反撃する暇もなかった。

否、アロイスは敢《あ》えて反撃しなかった。

剣を抜く代わりにアロイスは姫の前に跪《ひざまず》いた。

放たれた雷霆《らいてい》は、アロイスの足元の地面を焼いた。初めからブリュンヒルドはアロイスを狙っていなかった。

「……君を試した」とブリュンヒルドは跪《ひざまず》いているアロイスに言う。

「窓から見えた君たちの様子が気がかりだったんだ。私たちを捕まえに来たにしては、どうにも敵意がないように私の眼《め》には映った。それを確認するために、雷霆《らいてい》を射《う》ってみたわけだが……これで確信が持てたよ。君たちは戦いに来たんじゃないね？」

「慧眼《けいがん》にございます」

アロイスがブリュンヒルドの前に跪《ひざまず》いたまま言う。後ろの騎士も、団長に倣《なら》って跪《ひざまず》いた。

「私たちはウォレン殿から姫様を捕らえろと命を受けておりますが、果たすつもりはありません。我々はもうあの男についてはいけません」

アロイスは腐っても騎士団長だ。ブリュンヒルドの放つ雷霆《らいてい》にもまた敵意がないことは一目でわかっていた。けれど、仮にブリュンヒルドが自分を焼くつもりだったとしても、彼は反撃をせずに跪《ひざまず》いていただろう。

「騎士団長はこの国で最も誇り高い職。その君が、王城に反旗を翻《ひるがえ》すと言うのかい」

「……今日まで私はウォレン殿の行いを見て見ぬふりをして参りました。歴代の女王様が霊薬の材料にされていたことも、先代様のご遺体が弄ばれていることも知っておりました。王国のためと思い黙っておりましたが、罪深い行いであることは重々承知。然《しか》るべき罰を受ける覚悟はここにいる全員ができております」

ブリュンヒルドの声は冷たい。

「今更、心を入れ替えたとでも」

「恐れながら、その通りでございます。現女王陛下、クリムヒルト様のご慈悲を見て」

騎士団長は、砕け散った王冠を集めてウォレンに渡すクリムヒルトを陰から見ていた。

「クリムヒルト様は、戒めの王冠を破壊されてなお、ウォレン殿と向き合うことをお選びになりました。ウォレン殿の……否、我々の悪行を知ってなお許そうとされたのです」

「逃げなかったのか、あの子は……」

クリムヒルトを責める気にはならなかった。優しいあの子らしい。

「ウォレン殿に対して未来を語られるお姿を見て……私まで心が洗われるような気がいたしました。私の罪まで許されたような気持ちになったのです。なのに、あの老臣は……クリムヒルト様に剣を振るい、玉座の間に閉じ込めてしまいました。不忠なる我が身ですが、もしまだ義が残っているとしたら……女王様をお助けするほかないと思い馳《は》せ参《さん》じたのです」

「私に何を求めている？」

「お力添えを。ウォレン殿は恐ろしく強い男です。されど、私の率いる十二名は全員が名だたる騎士。私が育てた者たちの中でも、選《え》りすぐりなのです。全員でかかれば、ウォレンの足止めくらいはできましょう。その隙に、クリムヒルト様を救出して、国外へお逃げください」

ブリュンヒルドの眼《め》は嘘《うそ》を見抜く。だから、この騎士団長の言葉が本当だとわかった。騙《だま》し討ちにして捕らえようとしているわけではないらしい。

だが、ブリュンヒルドの胸中は複雑だった。

「正直なところ、君たちのことはあまり好きになれない。妹が苦しんでいたのに見て見ぬふりをしていたのだから」

「返す言葉もありません」

「悔いる気持ちがあるのなら、君たちの命は、今この瞬間から私のものだ。私の命令に従え。妹は助ける。けれど、私たちは逃げない。ウォレンを倒し、妹と共に王国を取り戻す」

「恐れながら申し上げます」

顔をあげずにアロイスが言う。

「ウォレンという男は、底知れぬ強さを持つ男であります。ここにいる騎士は、みな私が手塩にかけた精鋭ですが、我らが束になっても恐らくウォレンには勝てますまい。武勇はもちろんですが、噂《うわさ》によれば何らかの手段で竜まで従えていると……」

「なら、私が手を貸すよ。竜殺しの姫が」

「姫様が自ら戦場に立つなど、危険な……」

「口答えは許さない。君たちの命はもう私のものなんだろう」

アロイスは一瞬だけ言葉に詰まったようだが、すぐに返事をした。

「仰《おお》せの通りにいたしましょう」

「明日の夜、ウォレンに夜襲をしかける。諸君の働きに期待するよ」

「はっ」

去ろうとする騎士たちに、ブリュンヒルドは迷いながらも言う。

「……一応礼を言っておこう。妹のために立ち上がってくれてありがとう」

「もったいないお言葉でございます」

その夜は、騎士らも村に留まった。

日が昇って、馬が走れるようになったら、ブリュンヒルドらと共に王都へ戻る手筈《てはず》となった。


ブリュンヒルドは部屋に戻ると、ベルンシュタインとアニマに騎士とのやりとりを話そうとした。だが、生憎《あいにく》とベルンシュタインは席を外していたから、まずアニマに話をした。

「私とベルンシュタインは、騎士団と組んでウォレンを討つ。アニマは町で報告を待っていてくれ」

アニマは少し怒った様子になった。

「なんで俺だけ待機なんだよ」

「これ以上、君に迷惑をかけたくないんだ。騎士たちはみな実力者だった。彼らが一緒ならきっとウォレンにも勝てるだろう」

「俺もお前についていくよ。格好つかねえだろ、女のお前がリスク背負ってるってのに」

「男とか女とか、関係ないよ。待っていてよ、危険に身を突っ込む必要はない」

「うるせえな……。ついていくって言ってんだろ」

「君を巻き込みたくないんだ」

「ああ、もう……」

アニマは苛立《いらだ》つように激しく髪を掻《か》いた。

「今更巻き込むとか巻き込まないとか言うんじゃねえよ。俺はとっくにお前に巻き込まれて、引き返せねえとこまできてんだよ。戻れねえんだよ、今更無関係には……」

「でも、私は君が心配だから……」

「俺だってお前が心配なんだよ」

二人は互いの目を見つめていた。予期せぬ言葉に驚いて、ブリュンヒルドは言葉に詰まってしまった。猫のように真ん丸な目でアニマを見ている。アニマは自分の胸が高鳴るのを感じた。

降りてきた沈黙は、どうにも気恥ずかしい種類のものだった。

「まあ、そういうことだ……」

アニマが少し朱の差した頰を掻《か》きながら言った。

「杞憂《きゆう》ってやつだけどな。その騎士たち、滅茶苦茶《めちゃくちゃ》に強えのは俺だって知ってる。団長直属の十二騎士は有名だからな。さすがのウォレンもひとたまりもねえよ」

「うん。私の眼《め》にも彼らは相当な実力者に映ったよ」

「そうだよ。だから、そんなにお前のことを心配しなくてもいいんだけどな……。念のためってやつだ」

「わかった。じゃあ、お言葉に甘えさせてくれ。念のために私の護衛をお願い」

「仕方ねえな……」

ブリュンヒルドはアニマのことを正面から見つめて言った。

「ありがとう」

「うるせえよ。気恥ずかしくなることを正面から言うんじゃねえ。ガキか」

「君の気持ち、無下にしてはいけないと思って」

「……この話題は、これで終わりだ」

話せば話すほど、自分が不利になるようにアニマは感じていた。

「わかった。じゃあ、朝まであまり時間はないけど、ゆっくり体を休ませてね」

部屋を後にしようとしたブリュンヒルドに、アニマは声をかけた。

「待てよ」

「うん？」

ブリュンヒルドが振り向く。

「どうしてもはっきりさせておきたいことがあってよ」

間を置いてからアニマは口を開いた。

「ウォレンが守ろうとしているもんのこと、お前はどう思ってるんだ」

ブリュンヒルドは考え込むように目を伏せた。

「それは……もちろん霊薬のことだよね」

「そうだよ」

ブリュンヒルドが助かるためには、そしてクリムヒルトを助けるためには、ひいてはジークフリート家を哀れな宿命から救うためには。

ウォレンという男は倒さねばならない。

だが、それは王国から『生命の霊薬』をなくすことと同義だ。

「ウォレンってやつは、在りし日の王国を護《まも》ろうとしてるんだと思う。この王国が最高だった時の姿を。やり方は間違ってるけどよ、結果としてそれで救われる人間がたくさんいるんだ」

アニマは病魔の苦しみを知っている。

だからこそ、霊薬をこの王国から無くすことに迷いがあった。

「教えてくれ。お前にはどんな大義名分があって、ウォレンを倒すんだ」

アニマは続ける。

「俺を納得させてくれよ……」

ブリュンヒルドは腕を組んで、思案してから答えた。

「大義名分なんて、ないよ」

ブリュンヒルドは続ける。

「死にたくない。どうしたってこれが一番に来る。霊薬にされるのもごめんだ。クリムヒルトのことも大事だし、私や妹の子供たちを悲惨な運命から救いたいとも思ってる。……それに、そもそも私はウォレンの考えに賛同できていない」

「在りし日の王国を維持しようとすることに？」

「うん。だって、何もかも変わらずにはいられないから」

断じるブリュンヒルドに迷いはない。

「永遠なんてないんだよ。今この瞬間にもすべてのものが変わっていってる。王国も、私も、君も、ウォレンだって。私は思うんだ。変わることを怖がるんじゃなくて、変わることを受け入れて、その上でどうするかが大事だって」

ウォレンがどう努力しようと、王国は少しずつ在りし日の姿を失っていっている。それは揺るぐことのない事実だった。

「どうせ不変にはできないなら、私は前に進みたい」

ブリュンヒルドは苦笑してアニマを見た。

「どうだろう。私なりに誠心誠意答えたつもりだよ」

「駄目だな。確かにお前には大義名分はないらしい」

「参ったな……」

アニマは嘆息してから言った。

「町医者でもやるかな」

「うん？」

「霊薬がなくなった後だよ。この国には、もうほとんど医者がいねえ。だったら必要になるだろ、医者が」

「納得してくれたんだ？」

「まあな。……正直、俺の背中さえ押してくれれば、お前の答えなんて何でもよかったんだ。俺に選択肢なんてないんだから」

ウォレンを倒さなければ、アニマ自身の未来もないのだ。

「精いっぱい真面目に答えたのに酷《ひど》いな」

ブリュンヒルドが苦笑した。

「君が町医者をやるなら、私は宝石商になろうかな」

ブリュンヒルドの瞳は輝いている。

「やりたいことがあるんだ。王国にいる竜をみんな人に戻したい」

ブリュンヒルドの頭の中にあるのは、琥珀《こはく》の竜のこと。彼がそうだったように、地下や塔に封印されている竜がこの王国にはいる。ブリュンヒルドがまじないを彫り込んだ宝石は、彼らを人に戻すことができる。

「人に戻した後も大変そうだな。竜だった人間は、迫害されそうだ」

「その偏見だって、失《な》くしてみせるよ。竜って、本当は怖くない生き物のはずなんだ」

夢を語るブリュンヒルドにどんどんと熱がこもっていく。

「王国の外から竜を招いて交流を持つことから始めるよ。聞いて驚くなよ、楽園エデンに棲《す》むという竜を私はいつか連れてくるから。彼らは高潔なんだ。人々だって竜を見直すに決まっている。ゆくゆくはこの王国を人と竜の理想郷にしてみせる」

笑いをこらえて聞いていたアニマだが、ついに限界がきて噴き出した。

「楽園エデン？　竜と人の理想郷？　夢見すぎだろ」

「やってみないと分からないだろ」

アニマは楽しそうに笑って言った。

「違いねえ。お前の語る未来はいいな。笑えるから」

「笑うなよ、本気なんだぞ。数百年後には、この王国は人と竜が笑いあって住む場所になっているよ」

二人の会話を、扉の向こうで聞く男がいた。

ベルンシュタインだった。彼は独自に騎士たちと話をして、状況の把握に努めていたのだった。それで部屋に戻ろうとしたところ、熱を込めて話す二人の声が聞こえてきたので、つい立ち聞きしてしまったのだった。

二人はまだ王国の未来を、夢を語っている。背後に聞こえるそれを、とてもよいとベルンシュタインは思った。

こういう若者がいるならば、王国の未来も明るい。

語る夢の内容が叶《かな》うかどうかは、あまり問題ではない。彼らの活気は、王国を力づけるだろう。

「ただな……」

ベルンシュタインは笑いながら、自分にしか聞こえない声量で呟《つぶや》く。

「アニマよ、その女は私が先に唾をつけていたのだぞ」

仲睦《むつ》まじく話す二人を見て、胸の中に小さな嫉妬の火が灯《とも》っていた。竜の姿となって長きを生きたが、それでも人の性からは逃れえぬらしい。

ベルンシュタインは窓から夜空を見上げる。彼の眼《め》と同じ色の月が、綺麗《きれい》に輝いている。

嫉妬の苛立《いらだ》ちすら、不思議と心地よかった。きっとその感情は、彼の愛する人の愚かさと愛《いと》しさなのだった。


翌日、ブリュンヒルドらと騎士団は王都へと戻った。ブリュンヒルドらは騎士団長の庇護《ひご》のもとにあったので、もはや騎士に追われることはなかった。

ブリュンヒルドらは宿で月が昇るのを待った。日付が変わると同時に夜襲をしかける手筈《てはず》になっている。

ブリュンヒルドらが待っている間にアロイスは王城の人払いを行っていた。手回しは順調に進んでいた。これでウォレンの暗殺を邪魔するものはいない。

暗殺決行の十分前になった。

アロイスは城の大広間に向かった。

ここでブリュンヒルドらと落ち合うことになっていたのだ。

ブリュンヒルドらが来るのは十分後だが、十二人の騎士たちには五分後には集合するように伝えてあった。暗殺の場とはいえ、姫を待たせるわけにはいかない。

大広間は真っ暗だった。人払いをしたせいもあるだろうが、城の灯《あか》りまで落とされているのは珍しいことだった。

せめて月明かりがあればと思ったが、窓から降り注ぐはずの月光は分厚い雲に阻《はば》まれていた。

（灯《あか》りをつけよう）

これでは集合しても誰が誰だかわかるまい。

アロイスが灯《あか》りに近付こうとした。

かつ、かつ、かつ。

アロイスの鎧《よろい》の足音が、真っ暗な大広間にやたら響いた。

ふと。

人の気配を感じた。

「誰だ！」

慌てて気配の方を向く。

背の高い影法師がそこにいた。

月の光がないせいで、真っ黒な影に見えた。

けれど、それが誰なのか、背格好からわかった。

「ウォレン殿……」

影法師が返事をした。

「アロイス」

アロイスは騎士団長として長年勤めてきた男だ。

その実力は決して伊達《だて》ではない。だから、即座に理解した。

（計画が露呈したか）

でなければ、暗殺決行の直前に、暗殺対象が現れるわけがない。

露呈した理由は様々考えられる。ウォレンの手の者がアロイスの怪しい動きを報告したのかもしれないし、このところブリュンヒルドと接触するためにアロイスが大胆に動いたのをウォレン自身が察したのかもしれない。あるいはクリムヒルトをウォレンが刺したのを目撃した時、ウォレンもまたこちらに気付いていたのかもしれない。あの時、アロイスはウォレンに対して、明確に敵意を抱いた表情をしてしまった。

影法師が話しかけてくる。

「アロイス。お前は、後進の育成に熱心だったな。十二人も育てていた」

「ええ。騎士団の未来を思うなら、後進は育てねばなりません」

適当に話を合わせる。この会話を少しでも引き延ばそうと思った。

自分一人では、ウォレンに勝つことは不可能だ。

だから、仲間を待つ。

間もなく仲間たちがこの大広間にやってくる。

五分。たった五分待てば、手塩にかけた十二人の騎士たちが来るのだ。

彼らが一堂に会すれば、この化け物じみた強さを誇る老兵にも拮抗《きっこう》することくらいはできるだろう。

さらに五分持たせることができれば、ブリュンヒルドらがやってくる。

勝ち目はある。

だから、できるだけ時間を稼ぐ。

アロイスの意図に気付いていないかのように影法師は喋《しゃべ》る。

「私は後進を育てなかった。私はただの天才に過ぎないが……たかが天才風情《ふぜい》に、誰もついてこられなかった。結局、私が一人で全て行った方が速かった」

「はは」

アロイスは笑う。

「羨ましいですな、その天賦の才が」

影法師が少し苛《いら》ついたように見えて、アロイスは警戒した。

何かまずいことを言ってしまったか。

だが、影法師はそのまま言葉を続けた。

「王国の未来を憂えば、ここ十年ほど後進を育てなかったことを後悔しない日はなかった。だが、喜ばしいことに先日、ついに見つけたのだ。私の跡を継ぐに相応《ふさわ》しい少年を。得物に恵まれているだけではない。本人は気付いていないが、武《ぶ》の才もある。そして何より血筋がいい。彼は、王国を護《まも》るために生まれてきた存在だ」

「それは何よりですな」

その時、窓の外の雲が動いた。

雲の隙間から青白い月光が差し込んでくる。

その光で、アロイスは少し弛緩《しかん》した。暗い大広間に光が射《さ》したことによる精神的弛緩《しかん》。闇の中での光は、あるだけで人を安心させる。

月明かりが、影法師を照らし出した。

「私が何を言いたいかわかるか」

影法師が纏《まと》っているコートの色がわかるようになる。
「後進を育てるなら、見極めは妥協しない方がいい」
ウォレンのコートは、真っ赤だった。
彼が羽織るコートは、闇のような黒だということをアロイスは知っている。
ならば、この赤いコートが意味するものは。
アロイスの喉が、からからに干上がる。
気付けば五分が過ぎていた。
増援が来ることはない。永遠に。
影法師に、十二人全員殺されてしまったから。
騎士の中で最も迂闊《うかつ》な者を見つけ出し、拷問にかけて芋づる式に殺してしまったから。
アロイスが剣を抜いて叫んだ。
「ブリュンヒルド様！　来てはいけない！」
ブリュンヒルドらが到着するまであと五分。
五分もあれば、影法師がアロイスを殺すには十二分だった。
飛び散る鮮血が、華美な王城を濡《ぬ》らした。
刻限通りに、ブリュンヒルドらは琥珀《こはく》の竜に乗って王城へ向かった。

王城に近付くと、琥珀《こはく》の竜が訝《いぶか》しむ。

『大広間から戦いの音が聞こえる。微《かす》かだが』

竜は、人よりも優れた聴覚を有していた。

『まさかもう戦闘が……？　急いで。加勢するんだ』

ブリュンヒルドが大広間の窓を指す。琥珀《こはく》の竜は矢のようにそこへ突っ込んでいた。

悲鳴のような音を立てて、窓ガラスが砕け散った。ブリュンヒルドらは大広間に転がり込む。

大広間には赤いカーペットが敷かれているように見えた。

だが、違った。

転がったブリュンヒルドの服に、赤い汚れが付いた。

血だ。

広間は血の海だった。

アロイスが倒れている。

「アロイ……ス……」

駆け寄ろうとしたブリュンヒルドの足が止まった。

倒れているアロイスの首がないことに気付いたからだ。

月明かりに照らされて、ウォレンが立っていた。

左手には血塗られたスティレット。

右手には、アロイスの首。

髪を摑《つか》んで、ぶら下げていた。アロイスの顔は、間抜けに弛緩《しかん》している。

騎士団長の死を見て、ブリュンヒルドは騎士団の全滅を理解した。

アニマが慄《おのの》く。

「嘘《うそ》だろ……。騎士団長が……」

鷹《たか》のような眼《め》が、ブリュンヒルドを見下ろした。

「安易に仲間など頼るからこうなるのです」

この状況、もはや戦うしかない。

ブリュンヒルドは返事の代わりに雷霆《らいてい》を編む。

編もうとした。

だが、ウォレンの方が速い。

雷霆《らいてい》の射出準備を整えるより速く、踏み込む。

応じて琥珀《こはく》の竜とアニマも動く。

ウォレンはアロイスの生首をアニマへと投擲《とうてき》した。大人の男の頭は重い。投げた頭をアニマのみぞおちにめり込ませて、無力化しようという魂胆だった。

よもや生首を武器に使われると思っていなかったアニマは反応できない。

だから、代わりにアニマの槍《やり》が反応したのだが、その動きも遅れた。飛んでくる生首の不気味さを前に、アニマの体が硬直してしまったからだ。

それでもどうにか槍《やり》は動いてみせた。

槍《やり》はアロイスの生首を両断した。それは失敗だった。本当は打ち払うべきだったのに、硬直に邪魔をされた。二つに分かれた頭のうち、右半分はアニマの後方へと飛んでいったが、左半分はアニマの腹部にぶつかった。

「ぐ……」

両断して重さを半減させてなお、生首の威力は強かった。アニマがうずくまる。

ブリュンヒルドを守る壁は、琥珀《こはく》の竜だけとなった。

庇《かば》うように琥珀《こはく》の竜がウォレンの前に出た。

老兵は琥珀《こはく》の竜の処理を開始する。竜が姫を庇《かば》いに出てきてくれたのは、好都合だった。三人の中で、竜が一番脅威だとウォレンは認識していたのだ。竜は体格が大きく、力も強い。いかに竜殺しの才を持つウォレンであっても、純粋な力比べで竜に勝てるわけではない。力押しの状況に持ち込まれないためにも、早々に無力化しておきたかった。

ウォレンは竜の牙を避けると、スティレットで心臓を貫こうとする。琥珀《こはく》の竜は手でその一撃を防いだ。剣先は器用に鱗《うろこ》の隙間を突いて、手を貫いた。新たに三本のスティレットを抜き、投擲《とうてき》する。それらは竜の手足を貫いた。いつかの戦いのように竜は剣で縫い留《とど》められた。流れるような連撃だった。

ウォレンは最後に残ったブリュンヒルドに対応しようとする。崩れ落ちた竜の向こうから現れたブリュンヒルドは既に雷霆《らいてい》を放っていた。竜と戦っている間に編まれた光の矢が、ウォレンの眼前まで迫る。けれど、その至近距離からでも躱《かわ》すことは容易だ。

しかし、今この瞬間だけはできなかった。

ウォレンが心の中で舌打ちをする。

（アロイス……伊達《だて》に騎士団長ではなかったというわけか）

ウォレンは右足に、浅からぬ刺し傷を受けていた。

アロイスとウォレンの間には、天地ほどの実力差がある。本来ならばアロイスは手傷を負わせることすら叶《かな》わない。だが、それはアロイスが自分の命に執着している場合の話だ。

相討ち覚悟なら、話は変わってくる。

騎士団長は最期《さいご》の瞬間に、自分の生を諦めた。ブリュンヒルドらを勝たせるために、微《かす》かでもいいから手傷を負わせることを選んだのだ。騎士の覚悟を、ウォレンは読み誤った。それで足に傷を受けてしまったのだった。

足の傷のせいで、体が思うように動かせない。

雷霆《らいてい》は、躱《かわ》せない。

ばちぃという音が響き、大広間が白く照らされた。

雷霆《らいてい》がウォレンに直撃したのだ。

ブリュンヒルドが小さく叫んだ。「やった……！」

これでブリュンヒルドの勝利。

そのはずだった。

光の矢はウォレンの体に届かなかった。彼の左腕にぶつかって、霧散した。

「馬鹿な……」

ウォレンは長袖のコートに包まれた左腕で、雷霆《らいてい》を防御していた。それはありえないことだった。神の雷を防ぐコートなど……。

ブリュンヒルドらが知るはずもないことだが、ウォレンが羽織っていたのはただのコートではなかった。竜殺しとして戦っていた時から愛用していたもので、異国に棲《す》むヘイズルーンという魔羊の毛から作られている。この羊毛は上質な鎧《よろい》をも凌駕《りょうが》する耐久性を有しているのだった。雷霆《らいてい》はヘイズルーンの毛によって、威力のほとんどを削《そ》がれてしまった。

ブリュンヒルドの油断を突き、ウォレンが反撃に出る。無事だった右手でスティレットを抜き、ブリュンヒルドへと投擲《とうてき》した。

肉を刺す音が響く。

「う……」

スティレットはブリュンヒルドの右肩を貫いた。それにウォレンは歯噛《はが》みする。

（頭を狙ったつもりだった）

頭を貫ければ、無敵の体を持つブリュンヒルドも少しの間昏迷《こんめい》させられるのだ。必中のスティレットを投擲《とうてき》できるウォレンが、剣を外した理由は一つ。利《き》き腕《うで》ではない右腕で投擲《とうてき》したからだ。

光の矢を受け止めたウォレンだが、決して無傷だったわけではない。矢が体に届くことこそ防いだが、受け止めた左腕はコートごと焦げてしまい、もはや使い物にならなかった。そしてウォレンは左利《ひだりき》きだった。

肩を刺されたブリュンヒルドへとウォレンが接近する。利《き》き腕《うで》でない右腕での攻撃でも、接近戦に持ち込めば外すことはない。投擲《とうてき》ではなく直接ブリュンヒルドを貫こうと考えたのだった。

迫りくるウォレンを見て、ブリュンヒルドは内心ほくそ笑んだ。

（そうだ。それでいい）

ウォレンの剣は自分を貫くだろう。けれど、それでいい。自分の体は痛みこそ感じるが無敵なのだ。自分を攻撃している間に、アニマの魔槍《まそう》がウォレンを刺し穿《うが》つ。それでこの戦いは勝利できるのだ。

ちらりと見れば、生首による攻撃から復帰したアニマが、自分の方へ駆けてくるところだった。

ブリュンヒルドはスティレットによる痛みに備えて目をつむった。無敵の体でも、痛みに慣れることはない。

だが、襲うはずの痛みはいつまでたってもやってこなかった。

金属がぶつかり合う激しい音で目を開ける。

「な……！」

なんということか。

アニマが魔槍《まそう》で自分への攻撃を防いでいた。たまらずブリュンヒルドが声を荒げた。

「馬鹿！　君は……」

アニマは叫んだ。

「うるせえ！　ごめん……！」

アニマだってわかっている。自分がウォレンを攻撃していたら、勝てていたことを。けれど、右肩をスティレットで貫かれて、痛がるブリュンヒルドを見て考えが変わってしまったのだ。

いや、それは考えというよりは、感情と呼んだ方が正しいかもしれない。ウォレンのスティレットが追撃を仕掛けるのを見て、体が勝手に動いてしまったのだ。ブリュンヒルドが傷付くのを見たくないという感情が、合理的思考を乗り越えてアニマを動かしてしまっていた。ブリュンヒルドのことを友達と思っているが故の弊害だった。

魔槍《まそう》がスティレットを弾《はじ》き返《かえ》す。ウォレンは数歩後退した。

ウォレンはブリュンヒルドらを睨《にら》み、ブリュンヒルドらもウォレンを睨《にら》み返す。

大広間での戦闘が、わずかの間だが膠着した。

先に踏み込んだのはアニマだった。ウォレンが迎撃する。剣と槍《やり》が切り結ぶ。

ウォレンは一度、この魔槍《まそう》と戦っている。その時に、彼の類まれなる戦闘センスは、魔槍《まそう》の攻撃パターンをほとんど分析した。どのような攻撃が繰り出されるか、おおよそわかる。

にもかかわらずウォレンはアニマを切り崩せなかった。アニマ自身が琥珀《こはく》の竜との模擬戦闘で少しだけ戦いに慣れたこともあるが、何より腕と足の負傷が大きい。裂かれた右足と焼けた左腕の痛みがウォレンの集中を乱す。右腕は思うように動かず歯痒《はがゆ》い。

だが、歯痒《はがゆ》いのはアニマも同じだった。片腕でなお、ウォレンはアニマの攻撃を捌《さば》いている。槍《やり》は一向にウォレンに届く様子がなかった。

二人の攻防は拮抗《きっこう》していた。状況を変えられるのはブリュンヒルドだけだった。

ブリュンヒルドは雷霆《らいてい》でウォレンを撃ち抜きたかった。だが、激しく入り乱れる二人を前に矢を射られずにいた。アニマに当たってしまいそうなのだ。かといって近接戦を行うだけの技量はブリュンヒルドにはない。

「く……」

隙を窺《うかが》い続けるブリュンヒルドに、背後から声がかけられた。

『ブリュンヒルド。私を縫い留《とど》めている剣を抜くのだ』

呼びかけてきたのは、琥珀《こはく》の竜だった。ブリュンヒルドはハッとして、琥珀《こはく》の竜の下へと向かった。そして剣を抜き始める。琥珀《こはく》の竜が動けるようにさえなれば、決着がつく。

剣を抜いていく。

背後で剣戟《けんげき》の音が聞こえる。アニマが時間を稼いでくれている。

抜くべき剣があと一本となった時だった。

ブリュンヒルドは頭に強烈な衝撃を感じた。体の自由が奪われて、倒れゆく。混濁する意識の中でブリュンヒルドは見た。自分の額から角のように刃が飛び出している。投げられたスティレットが頭を貫いていた。

「どうやって……」

ウォレンはアニマと戦っていて、こちらに手を出せないはずのに。

見れば、ウォレンは動かなくなった左腕を犠牲にして、魔槍《まそう》を止めていた。左腕を敢《あ》えて魔《ま》槍《そう》に貫かせて、動きを止めているのである。その隙に、スティレットをブリュンヒルドへ投擲《とうてき》したのだった。

倒れたブリュンヒルドは、頭に刺さった剣を抜こうともがいた。しかし、うまくできない。脳を貫かれているせいだった。

「テメエ……！」

アニマの攻撃に怒りが籠る。だが、それが却《かえ》ってよくなかった。

単調な攻撃はウォレンに容易《たやす》く読まれる。

いい加減にウォレンも右腕での戦闘に慣れてきたところでもあった。

「まだ青いな」

魔槍《まそう》は難なく躱《かわ》される。

すれ違いざまにスティレットがアニマの体を貫いた。

それでアニマは動けなくなってしまった。ブリュンヒルドのように無敵の体を持っているわけでも、竜のような強靭《きようじん》な体を持っているわけでもないのだ。

スティレットは腹部を貫いていた。焼けるような痛みが戦意を奪う。

「いてぇ……。くそ……」

アニマは床に膝をついた。血が広がっていく。それを見下ろして、ウォレンは言った。

「そこで見ているがいい。全てが終わった後、霊薬で治してやる」

魔槍《まそう》が奪い取られる。

硬質な足音が、ブリュンヒルドへと近付いてきた。

ウォレンが槍《やり》を手に、ブリュンヒルドの下へと歩いてくる。

死の気配を感じて、ブリュンヒルドがもがく。頭の剣を抜こうと足掻《あが》く。けれど、間に合わない。剣を抜ききるには、もう少し時間が必要だった。

しかし、
ブリュンヒルドを守るものがあった。

琥珀《こはく》の竜だった。

彼は、自分を縫い留《とど》めていた最後の剣を抜いて、ウォレンの前に立ちはだかった。

床の上で蠢《うごめ》くブリュンヒルドが漏らした。「ダメ……」

老兵は、魔槍《まそう》を手にした竜殺しだ。竜など、藁《わら》の楯《たて》である。

ウォレンは竜を見て吐き捨てた。

「汚《けが》らわしい竜風情《ふぜい》が。忠臣の真似事《まねごと》か」

『応さ。この娘の前では、高潔な竜の真似《まね》をすると決めている』

『竜の言霊《ことだま》』が人に届くことはないが、竜は返事をした。

ならばそれは、意中の女の前で格好をつけるための台詞《せりふ》に違いない。

一人と一匹が同時に動いた。

戦闘とさえ呼べないほどに、一方的な展開だった。

魔槍《まそう》は竜の心臓を貫いた。竜は防御する素振りすら見せなかった。

その代わり、竜はウォレンを抱き締めるように捕まえた。

最期《さいご》の瞬間に、琥珀《こはく》の竜は思った。

皮肉なこともあるものだと。

数十年前、自分は初代女王に命を救われた。少年だったウォレンが自分を殺そうとしていた時に助けてくれたのは、初代女王だった。学院の地下に幽閉され、強烈な孤独を感じても自殺を考えなかったのは、あの時、助けられた命を大事にしたいと思ったからだ。

だが、結局自分はあの時の竜殺しに殺されるらしい。

琥珀《こはく》の竜はウォレンを抱く腕に力を籠める。

抱き締めて潰すつもりなのかとウォレンは思った。

が、どうやらそれはできそうにない。

心臓を破壊された竜に、それだけの力はなかったのだ。数秒の後には、命そのものも潰《つい》える。

ウォレンはただその時を待っていればよかった。

ふと、
ウォレンは胸に痛みを感じた。

小さな、静かな、けれど鋭い痛みだった。

見下ろす。

自分の胸に、剣が刺さっていた。その剣は、ありえない位置に存在していた。

琥珀《こはく》の竜の胸から飛び出しているのだ。

竜の向こう側から、鼻をすする音が聞こえてきた。

『ごめん』

その『竜の言霊《ことだま》』は震えていた。

けれど、もはやそれを聞くことのできる者はこの場にいなかった。

崩れ落ちた竜の背後から現れたのは、ブリュンヒルドだった。

「その剣は……」

頭の剣を抜き去ったブリュンヒルドが、癒《いや》しの細剣で竜もろともウォレンを貫いたのだった。

この細剣は、魔を祓《はら》う。魔羊の護《まも》りを得たコートも、上から貫くことができた。

琥珀《こはく》の竜はウォレンに襲い掛かる前に、『竜の言霊《ことだま》』でブリュンヒルドにこう伝えていた。

『私ごと貫け』

竜と姫が行った最後の密談だった。ウォレンの裏をかくにはそれしかなかった。

ブリュンヒルドは嫌だった。

そんなことはしたくなかった。琥珀《こはく》の竜にもブリュンヒルドの気持ちは伝わっていたはずだ。

けれど、琥珀《こはく》の竜が引く様子はなかった。

古い時代を生きていたこの竜にとっては、ありえないことなのだ。

子供が老人に殺されるなど。

だから、自分が守る。子供を守るのは大人の責任だ。

それで竜は前に出て、ブリュンヒルドを守り、ウォレンの動きを止めた。

竜が心臓を貫かれたのを見た時に、ブリュンヒルドは吹っ切れた。彼の犠牲を無駄にすることは絶対にできなかった。だから、妹から贈られた細剣を抜いたのだった。

「………」

ウォレンは二、三歩、後退した。

胸に穿《うが》たれた小さな穴から、血が滲《し》みだした。

胸を手で押さえると、手が血の温かさを感じた。手のひらが真っ赤に染まっていく。

命を守る刃による一刺しは、致命だった。

それは呪いの一撃だったのかもしれない。その刃には、自分が利用してきた女王たちの怨嗟《えんさ》が幾重にも重ね塗られているようにウォレンには思えた。

立て直す手段はない。

ウォレンが竜殺しの天才であろうと、歴戦の古兵であろうと。

体のつくりは、ただの人間のそれだ。胸を刺されれば動けない。

ウォレンは自嘲した。

「そうか。これが天才の限界か」

もはやウォレンの体は動かない。戦うことはできない。

だから、ウォレンは最後の手段を取らざるをえなかった。

コートから取り出したのは、白い竜の鱗《うろこ》。

それを口に放り込む。瞬間、ウォレンの体が膨張を始める。

竜の強烈な生命力が、致命の傷を癒《いや》し出す。

うずくまっていたアニマが小さな悲鳴を上げた。

王国の守護者は、悪竜へと変じた。大広間を覆いつくすほどに大きな竜だった。

悪竜は牙を剝《む》き、ブリュンヒルドに襲い掛かる。

ブリュンヒルドは悪竜を正面から見据えていた。

怯《ひる》むことなどない。

竜へと右手をかざす。指の間には稲光が。

『この私に対して、竜《それ》は悪手だろ』

竜殺しの姫は雷霆《らいてい》を放った。

薄暗い大広間が、昼間のように明るくなる。

雷火は竜を焼いた。

広間を揺らして、竜は倒れ込んだ。今度こそ動けなかった。


ブリュンヒルドは携帯していた『生命の霊薬』をアニマの傷口に滴《したた》らせた。僅か数滴で、アニマの傷は癒えていく。十分ほどで完治した。

続けて琥珀《こはく》の竜の傷口にも霊薬を滴《したた》らせた。けれど、どれだけ滴《したた》らせても琥珀《こはく》の竜が動き出すことはなかった。霊薬を以《もっ》てしても、死を超越することだけはできなかった。

ブリュンヒルドは竜の首を抱いて、目を伏せた。静かに涙が滴《したた》った。

「最後まで、君には頼りっぱなしだった」

ブリュンヒルドは竜に口づけした。彼の口はもう軽口を叩《たた》くこともなかった。口内に死の味が広がって、ブリュンヒルドは悲しかった。

けれど感傷に浸っている時間はない。ブリュンヒルドは竜の骸を置いて玉座の間へ向かった。施錠《せじょう》を雷霆《らいてい》で破壊して中に入ると、剣で縫い留《と》められたクリムヒルトがいた。

ブリュンヒルドは近寄って、クリムヒルトの剣を抜いた。動けるようになったクリムヒルトはブリュンヒルドに抱き着いた。

「ああ、姉様……。よくぞご無事でここまで……」

ブリュンヒルドは妹の髪を撫《な》でながら言った。

「来るのが遅くなってすまない。辛《つら》かったね」

再会の喜びを分かち合った後、クリムヒルトが尋ねた。

「ウォレンはどうなったのですか」

姉妹は大広間に戻った。

そこには壁に背を預けて座っているウォレンがいる。

竜から人の姿に戻っていた。彼が飲んだ鱗《うろこ》は特別製で、飲んだ後に一定時間が過ぎれば人の姿に戻れるのだった。

満身創痍《そうい》のウォレンが姉妹を見上げる。

もはや動けないが、まだ息はある。

ブリュンヒルドはアニマに手伝ってもらって、ウォレンを厳重に縛り上げていた。

ウォレンを見下ろすブリュンヒルドが憎々しげに口を開く。

「私は、君が大嫌いだ。妹を痛めつけ、私の竜を殺した。正直なところ、殺してやりたい。けれど……そうはしない」

ウォレンは消えそうなかすれ声で問う。もう小さな声しか出ない。

「何故《なぜ》殺さない？」

「女王が、私を止めたからだよ」

クリムヒルトがウォレンの前に出る。その手には、霊薬の入った小瓶が握られていた。

小瓶の中身をウォレンの傷跡に垂らしながら、クリムヒルトは言った。

「私の目指す王国とは、憎しみのない王国です。神の教えに聞く、永年王国のように、争いも憎しみもない場所にこの王国をしたいのです。だから……私はあなたのことを許します」

クリムヒルトはウォレンの傷を全て癒《いや》してしまった。

「ウォレン。私が考える理想の王国の為《ため》には、あなたの力が必要です。どうか誓ってください。今度こそ女王である私に仕えると。初代様ではなく私に……。王国の未来のために、身を捧《ささ》げてください。それさえ誓ってくれるなら、私はあなたを信じ、この縄を解き放ちましょう」

ウォレンはクリムヒルトをじっと見て言った。

皺《しわ》に刻まれた眼《め》は、遠い過去を見つめている。

「クリムヒルト様。あなたの黒い瞳も……あなたの黒い髪も……初代様によく似ている。けれど、あなたは初代様ではない。あなたに永年王国は作れない」

がふっと音を立てて、ウォレンが血を吐いた。それにクリムヒルトらは戸惑った。

「霊薬で傷を癒《いや》したはずなのに何故《なぜ》……」

ウォレンは奥歯に毒を仕込んでいた。それで自決を図ったのだった。

ウォレンはクリムヒルトと共に生きることなど望まなかった。

初代女王が創った王国が崩壊するのなら、自分も王国と運命を共にするだけ。

クリムヒルトが急いで霊薬を飲ませるがもう遅い。霊薬が効能を発揮するまでには数分の時間がかかる。それより先に毒がウォレンの命を奪う。もはやウォレンは肉体に残る微《かす》かな意識が消滅を待つだけだった。

ウォレンの視界はもう真っ暗になっていた。死は速やかに五感を奪っていく。残っているのは、聴覚と触覚だけだった。

死の暗闇の中でウォレンの体は何かの温《ぬく》もりを感じた。

誰かが自分を抱き締めている。

クリムヒルトだろうと思った。手つきから感じる、言いようのない慈《いつく》しみ。

遠い昔に同じ感覚を覚えたことがあった。

もう何十年も前のこと。

村の広場で立ち尽くしていた私を、初代様が見つけて抱き締めた。

怖かったねと言って。

その意味がわからなかった。自分は何かを恐れることがなかった人間だ。竜に立ち向かった時でさえ、怖くなかった。死ぬまで何かを怖がることはないと確信していた。

そのはずだったのだが。


いつの間にか恐れだけが私を動かしていた。

女王の創った王国を失うことの恐怖だけが、私を支配していた。

昨日のことのように思い出せる。

王城から見下ろした完璧なる王国。

その美しさに流した涙を。

あの王国を、私は、永遠にしたかった。

あの景色に流れる時を、私は、

止めたかったのだ。

暗闇の中で声が聞こえた。

「大丈夫。怖くありませんよ」

その声は、ウォレンを遠い昔へと引き戻した。

――そうか。一番似ていたのは、声だったのか。

視力を失ったから気付いたことだった。

目が見えている時は、クリムヒルトの容姿ばかりに目がいっていた。

死にゆく魂を慰めるように、クリムヒルトは老兵を抱き締め続けている。

暗闇の中だったから、ウォレンは初代女王に抱きしめられているような気持ちになった。

初めて会った時と同じように。

皺《しわ》が刻まれた目尻から、一筋の涙が零《こぼ》れおちた。

もう一度聞きたかった声に見送られて、
老兵は骸となった。


骸を抱いているクリムヒルトに、ブリュンヒルドが問うた。

「どうして、そんな男に情けをかけるんだい。非道の男に……」

クリムヒルトは答えた。

「歪《いびつ》でも……この王国を護《まも》り続けてくれた人だから」

終章

王国の都を、赤子を抱いた女が駆けていた。

女は民家の扉を叩《たた》き、叫ぶ。

「霊薬をわけてください。私の赤ちゃんが病気なのです。助けるために、どうか……。一滴でよいのです」

民家から返事はない。女はすぐに別の家へと駆けていく。そしてまた扉を叩《たた》いて叫んだ。

「霊薬を……」

今度は返事が返ってきた。

「分けてやれる霊薬なんてねえよ！」

怒号だった。

子を抱く女は次々に家を回った。

「どうか、どうか……」

だが、誰も霊薬を分けることはない。

やがてその足がぱたりと止まった。

「ああ……」

女は道の上に崩れ落ちた。赤子は母の腕の中で死んでいた。

白昼に、母親の嘆きが木霊《こだま》した。

道行く人々が母親を憐《あわ》れんだ。

「かわいそうに……」

「『生命の霊薬』さえあれば……」

「あの暗君クリムヒルトのせいだよ」

「霊薬を生み出すことのできない無能の女王め……」

ウォレンが死んでから五年が経《た》っていた。

王国中で広く使われていた霊薬は、希少品となって久しい。

赤子を死なせた母親を二人の男女が見つめていた。

「嫌なもの、見ちまったな……」

アニマだった。五年の歳月を経て、背の高い男性に成長していた。

アニマの隣にいるのはブリュンヒルドだった。病弱な白さが特徴なのは昔と変わらない。ただ、大人になったせいか、その白さに背徳的な艶《なま》めかしさが混じるようになっていた。

ブリュンヒルドが言う。

「……時々思うんだ。私たちのしたことは間違いだったんじゃないかって」

アニマは黙って聞いている。

「ウォレンに任せていれば、きっとあの赤ちゃんは死ななくてすんだかもね。この王国には未《いま》だに霊薬がたくさんあっただろうから。ああいう悲劇が、今の王国にはどれだけあるんだろうか」

「それはこの王国だけの話じゃねえだろ」

ブリュンヒルドの弱気な言葉を、アニマは否定する。

「病気で誰かが死ぬのは悲しいことだ。でも、それが当たり前なんだ。この国は、普通の姿に戻っただけだ。遅かれ早かれ、こうなったとも思うしな」

「だから、私たちのしたことは間違いじゃないって言ってくれるのかい？」

「いや、俺たちがしたことを間違いじゃないと思うのは、別の理由」

アニマはブリュンヒルドを見て言った。

「もしウォレンが勝ってたら、俺もお前も生きちゃいない」

ブリュンヒルドは苦笑した。

「それを言われたら……そうだね」

だが、すぐにブリュンヒルドはおかしなことに気付く。

「あの戦い、ウォレンが勝利していても君が死ぬことにはならなかったんじゃないか」

ウォレンはアニマを傷付けはしたが、戦いが終わったら傷を治してやると言っていたのをブリュンヒルドは覚えている。

けれど、アニマは言う。

「いいや、ウォレンが勝ってたらアニマは死んでたよ。俺は昔の名前に戻って、王国の守護者を継ぐことになったと思う。ウォレンみたいな化け物に一人で逆らえるほど、俺は強くねえしな」

少しの沈黙の後、ブリュンヒルドは尋ねた。

「ねえ、アニマ」

「なんだよ」

「私はこれからも君をアニマと呼び続けていいんだよね」

「今更、昔の名前で呼ばれても困るっての。シグルズなんて名前、呼ばれ慣れてねえし……」

アニマは少しだけ頬を赤くしてから続けた。

「それに、俺はアニマって名前、気に入ってんだよ。古い言葉で『無名』って意味なんだよ。かっこいいだろうが……」

ブリュンヒルドはアニマを指差して笑った。

「私は妙な名前だと思ったんだけどね」

アニマは今度こそ顔を真っ赤にして俯《うつむ》いた。

ブリュンヒルドとアニマはしばらく一緒に歩いた後、分かれ道で別れることになった。そもそも二人は町で偶然出くわしただけだった。

別れる前に、ブリュンヒルドがアニマに尋ねた。

「一応、伝えておくけれど、クリムヒルトが君の力を欲《ほっ》している。今は王国の中にも外にも敵が多いから。最高の待遇をすると言っているよ」

クリムヒルトは五年前から何かにつけてアニマに厚遇を与えようとしていた。もともと旧王家は凋落《ちょうらく》するはずじゃなかったという思いが彼女の中にあり、その埋め合わせをしたがっているのだった。

だが、アニマはその全てを断ってきた。今もそうだった。

「丁重にお断りさせてもらう。五年前に思い知った。俺はやっぱり英雄の器じゃねえ」

五年前、魔槍《まそう》を振るってウォレンと戦った。

あの時の痛みや恐怖を、アニマはもう二度と味わいたくない。

「俺には普通の生活で十分だ。……今、町医者をやってるの知ってるだろ。霊薬がなくなって困ってる人を助けたくてな。人の役に立ててるのを感じられて、毎日楽しいよ」

「そうだろうね。じゃあ、クリムヒルトにはまた断りの返事を伝えておくよ」

最後にアニマは、ブリュンヒルドに柔らかな声で言った。

「今日、お前の元気な姿が見られてよかった」

町並みへ消えていくアニマを見送った後、ブリュンヒルドは王城へと向かった。

正確には、王城の裏にある墓に向かっていた。

丘の上にある墓所だった。見晴らしがよくて王国の町並みを一望できる。

ウォレンを殺したのが五年前の今日。

琥珀《こはく》の竜が死んだのも五年前の今日。

琥珀《こはく》の竜の骸は、王城裏の墓に丁重に葬《ほうむ》られている。女王の補佐や宝石商の仕事がどれだけ忙しくともブリュンヒルドは足しげくこの墓に通っていた。

『ベルンシュタイン』

ブリュンヒルドは墓前に琥珀《こはく》色の花を添えて、話しかける。人には届かない声で。

『最近、少しだけだけど……わかるようになったかもしれない。いつか君が言っていた、人の愚かさが』

ブリュンヒルドは王国を回って、封印された竜を人に戻していた。

感謝はあまりされない。アニマの予測通り、竜だった者への差別意識は根強かった。ブリュンヒルドはその払拭《ふっしょく》のために尽力しているが、うまくいっていないのが現状だ。

強い風当たりに、心が折れそうになる時も多い。

それでもブリュンヒルドは、竜の解放をやめようとはしない。

『行く先々で、愛を与えてくれる人もいるんだよ』

ほんの僅かだが、ブリュンヒルドに感謝してくれる人もいる。

人に戻れた竜や、その竜が密《ひそ》かに仲良くしていた人間。

彼らはブリュンヒルドに「ありがとう」と言ってくれる。

そういう時、少しだけ、人を愛おしく思っている自分に気付く。

『また君と話ができたなら、今度は大人な君にもついていけるかもしれない』

ブリュンヒルドは、抜けるような青空を見上げる。

大きな鳥が頭上を飛んでいくところだった。

『もう一度、君と町を歩きたいなぁ』

『竜の言霊《ことだま》』は誰にも届くことなく、風に消えていった。

墓参りをしていると、声をかけてくる者があった。

「姉様」

振り向くと、クリムヒルトが背後にいた。

きっと彼女はウォレンの墓参りをしてきたところだろうとブリュンヒルドは思った。ウォレンの骸も同じ墓所に葬《ほうむ》られていた。ブリュンヒルドはウォレンの墓参りをしないが、クリムヒルトはするのだった。

ブリュンヒルドはクリムヒルトを見て言った。

「元気そうで何より。もっとやつれているかと思ってた」

女王になってからのクリムヒルトは受難続きだった。

彼女は『生命の霊薬』がもう作れないことを王国民に公表した。この時点でもはやクリムヒルトは暗君のそしりを免《まぬが》れなかった。クリムヒルトはここ数十年の霊薬の製造方法を国民に打ち明けなかったから、弁解もできなかった。自己弁護よりも、王国民の心を心配しての判断だった。骸から作っていた薬を飲んでいたなんて事実は、知りたくあるまい。それにまだ残っている霊薬を飲めなくなる人が出てくる危惧もあった。

女王は全ての責を一身に背負い込んだ。

けれど、クリムヒルトは辛《つら》さを全く感じさせない穏やかな表情をしていた。

「大変なこともありますが、姉様にお会いできると、元気が出てくるのです」

「心配だよ、クリムヒルト。体を大切にね」

「大丈夫です。倒れるような下手は打ちません。王国の未来のため」

何より、と言ってクリムヒルトは自分の膨らんでいるお腹《なか》を撫《な》でた。

「私の子のため……」

クリムヒルトは身ごもっていた。

相手は友好国の王だ。異国からの侵攻に対抗するために、同盟の証《あかし》として行われた婚姻だった。女王が民を守るために結んだ婚姻だったが、民は女王の真意を理解しなかった。異国に国を売った売女《ばいた》だの、ジークフリート家の血を汚した女だの、言いたい放題だった。

けれど、どれだけ罵られようとクリムヒルトは気にしない。

それで人々の安寧が守れるのだから。

実際、クリムヒルトが結んだ同盟のおかげで、異国からの襲撃は激減していた。

ブリュンヒルドが少し暗い表情をして言った。

「クリムヒルトが……結婚までする必要はなかったんじゃないか」

「あります。私は女王ですもの」

「だからって、政略結婚なんて……」

「ああ、姉様は国中の竜を人に治して回っていたから、ご存じないのですね」

クリムヒルトは幸せそうに微笑《ほほえ》んだ。

「政略結婚ではありますが、愛のある結婚でもあるのですよ」

相手の王は、クリムヒルトの献身を知り、支えたいと申し出てくれた人だった。

ちゃんと愛してくれる相手に巡り合えたことは、受難の多い女王の数少ない幸運に違いない。

愛おしむ手つきでお腹《なか》の赤ちゃんを撫《な》でるクリムヒルトは母親の顔をしていた。

それで、ブリュンヒルドは今更気付いた。

(君は……いつの間にか、私が守る必要なんてなくなっていたんだね)

目の前にいるのは、守るべき妹ではない。

立派な一人の女王だった。

それが嬉《うれ》しくて、少し寂しかった。

クリムヒルトのお腹《なか》を見つめて、ブリュンヒルドが言う。

「その子が幸せに暮らせる王国にしよう」

今度は自分が、子供を守る番だとブリュンヒルドは思った。

「ええ」とクリムヒルトは頷《うなず》いた。

クリムヒルトは、丘から王国を見下ろす。変わりゆく王国を見つめて、言った。

「永遠の王国が創れなくとも……」

その後、クリムヒルトは暗君の誹《そし》りを受けながら王国の統治を行うことになる。

彼女は生涯をかけて、王国の繁栄に尽くしたがその慈《いつく》しみが民に伝わることはなかった。

王国にクリムヒルトの名を冠する女王は二度と現れなかった。

その名は稀代《きたい》の暗君を意味しており、縁起が悪いとされたのだ。

彼女の不名誉は死ぬまで、否、死んだ後ですら払拭《ふっしょく》されることはなかったのである。

クリムヒルトが行った施策が、初代女王の恩恵に授かれなくなった王国を支える礎《いしずえ》となったことは、後世の歴史学者さえ知らない。女王を嫌う人々の作為によって、クリムヒルトの功績は別の女王たちの功績へと吸収されていった。

クリムヒルトの愛は、刹那の煌《きら》めきとなって、王国史の闇へ消えていった。

仲間だけが知る、優しい瞬《また》きだった。

あとがき

悪人を書くのが好きなようです。

悪いことをする人が好きという意味ではありません。

自分の行いが悪だとわかっていながら、それをやらざるを得ない人が好きなのです。人間らしさを感じます。曲げられない信念を達成しようとする尊さ、そのために悪事に手を染める愚かしさ。両方を兼ね備えた人物を書けた時、「ああ、人間を書けたな」という手応えを覚えて、私はそのキャラクターを好きになります。

一巻はブリュンヒルド、二巻はファーヴニルがそれです。

三巻はウォレンです。

一・二巻に比べると難しいキャラクターだなと思います。悪人ですし、美男美女じゃないですし、おじいさんですし、残酷な行動が多いですし。案の定、担当さんの温度感も微妙です(恨み言ではありません)。

私は迷いました。ウォレンというキャラクターをもう少し大人しくさせて、本来の主人公であるブリュンヒルドらを立たせるべきなのではないかと思ったのです。私がウォレンをどれだけ好きでも、読者のみなさんが楽しめるお話になっていなければそれは独りよがりというものですからね。

ですが、結局、私はウォレンを立たせる話を書くことを選びました。

そもそも私はウォレンという男の尊さと愚かしさを書くためにこの物語を紡《つむ》ぎ始めたことを思い出したのです。そこをひっくり返してしまうと、物語の全部が嘘《うそ》になってしまうように思えました。

確かにこのキャラクターは、好きになってくれる人が少ないかもしれない。あまり前面に出そうとしない方がいいかもしれない。これらの懸念《けねん》はきっと正しいでしょう。

けれど、私には別の確信もあるのです。

このキャラクターが深く刺さる読者は絶対にいる。

この確信に賭けることにしました。これは、物語を書く意味の問題です。物語とは、読んでもらうために書くものではありません。読んでもらった上で、更に読者の心に何かを残すために書くのです。でなければ、物語を書く意味はないと私は思うのです。

この物語があなたの心に何かを残せたなら、私は嬉《うれ》しい。

もちろん、ウォレン以外のキャラクターを好きになってくれてもとても嬉《うれ》しいですよ。どのキャラクターも手を抜いて書いたつもりはありません。他に特筆するなら、悪人ウォレンの対比となる善人クリムヒルトも気に入っています。悪人を書くのが好きということは善人を書くのが好きということでもあるのです。

最後に謝辞を。忙しい中、この原稿を読んで意見をくれた人間六度さん、来々さん。

ありがとうございました。

◉東崎惟子著作リスト

「竜殺しのブリュンヒルド」（電撃文庫）
「竜の姫ブリュンヒルド」（同）
「クリムヒルトとブリュンヒルド」（同）

本書に対するご意見、ご感想をお寄せください。

ファンレターあて先
〒102-8177　東京都千代田区富士見2-13-3
電撃文庫編集部
「東崎惟子先生」係
「あおあそ先生」係

本書は書き下ろしです。

この物語はフィクションです。実在の人物・団体等とは一切関係ありません。

電撃文庫

クリムヒルトとブリュンヒルド

東崎惟《あがりざきゆい》子《こ》

2023年８月10日　初版発行

発行者　山下直久
発行　株式会社KADOKAWA
〒102-8177　東京都千代田区富士見2-13-3
0570-002-301（ナビダイヤル）
装丁者　荻窪裕司（META＋MANIERA）
印刷　株式会社暁印刷
製本　株式会社暁印刷

ISBN978-4-04-915064-3　C0193　Printed in Japan

電撃文庫　https://dengekibunko.jp/

電撃文庫DIGEST　8月の新刊

発売日2023年8月10日

魔法科高校の劣等生
新作 **夜《ヨル》の帳に闇《ヤミ》は閃く**

著／佐島 勤　イラスト／石田可奈

2099年春、魔法大学に黒羽亜夜子と文弥の双子が入学する。新たな大学生活、そして上京することで敬愛する達也の力になれる事を楽しみにしていた。だが、そんな達也のことを狙う海外マフィアの影が忍び寄り——。

小説版ラブライブ!
虹ヶ咲学園スクールアイドル同好会
新作 **紅蓮の剣姫**
～フレイムソード・プリンセス～

著／五十嵐雄策　イラスト／火照ちげ
本文イラスト／相模　原作／矢立 肇　原案／公野櫻子

電撃文庫と「ラブライブ！虹ヶ咲学園スクールアイドル同好会」が夢のコラボ！　せつ菜の愛読書『紅蓮の剣姫』を通してニジガクの青春の一ページが紡がれる、ファン必見の公式スピンオフストーリー！

とある暗部の少女共棲《アイテム》②

著／鎌池和馬　キャラクターデザイン・イラスト／ニリツ
キャラクターデザイン／はいむらきよたか

アイテムに新たな仕事が。標的は美人結婚詐欺師『ハニークイーン』、『原子崩し』能力開発スタッフも被害にあっており、麦野は依頼を受けることに。そんな麦野たちの前に現れたのは、元『原子崩し』主任研究者で。

ユア・フォルマⅥ
電索官エチカと破滅の盟約

著／菊石まれほ　イラスト／野崎つばた

令状のない電索の咎で謹慎処分を受けたエチカ。しかしトールボットが存在を明かした「同盟」への関与が疑われる人物の、相次ぐ急死が発覚。検出されたキメラウイルスの出所を探るため、急遽捜査に加わることに——。

男女の友情は成立する?（いや、しないっ!!） Flag 7.
でも、恋人なんだからアタシのことが1番だよね?

著／七菜なな　イラスト／Parum

夢と恋、両方を追い求めた文化祭の初日は、悠宇と日葵の間に大きなわだかまりを残して幕を閉じた。その翌日。「運命共同体（しんゆう）は——わたしがもらうね？」そんな宣言とともに凛音が"you"へ復帰し……。

錆喰いビスコ9
我の星、梵の星

著／瘤久保慎司　イラスト／赤岸K
世界観イラスト／mocha

〈錆神ラスト〉が支配する並行世界・黒時空からやってきたレッドこともう一人の赤星ビスコ。"彼女"と黒時空を救うため、ビスコとミロは時空を超えた冒険に出る！　しかし、レッドにはある別の目的があって……

クリムヒルトとブリュンヒルド

著／東崎惟子　イラスト／あおあそ

「竜殺しの女王」以降、歴代女王の献身により栄える王国で、クリムヒルトも戴冠の日を迎えた。病に倒れた姉・ブリュンヒルドの想いも背負い玉座の間に入るクリムヒルト。そこには王国最大の闇が待ち受けていた——。

勇者症候群2

著／彩月レイ　イラスト／りいちゅ
クリーチャーデザイン／劇団イヌカレー（泥犬）

秋葉原の戦いから二ヶ月。「カローン」のもとへ新たな女性隊員タカナシ・ハルが加わる。上からの"監視"なのはバレバレ。それでも仲間として向き合おうと決意するカグヤだったが、相手はアズマ以上の難敵で……!?

クセつよ異種族で行列ができる結婚相談所2
～ダークエルフ先輩の寿退社とスキャンダル～

著／五月雨きょうすけ　イラスト／猫屋敷ぷしお

ダークエルフ先輩の寿退社が迫り、相談者を引き継ぐアーニャ。ひときわクセつよな相談者の対応に追われるなか、街で流行する『写真』で結婚情報誌を作ることになる。しかし、新しい技術にはトラブルはつきもので……

命短し恋せよ男女2

著／比嘉智康　イラスト／間明田

退院した4人は、別々の屋根の下での暮らしに——ならず！（元）命短い系男女の同居＆高校生活が一筋縄でいくわけもなく、ドッキリに勘違いに大波乱。　余命宣告から始まったのに賑やかすぎるラブコメ、第二弾！

レプリカだって、恋をする。
Even a replica falls in love
榛名丼
［イラスト］
raemz
16歳、夏。はじめての、青春。
愛川素直という少女の
身代わりとして働く
分身体《レプリカ》、それが私。
本体のために生きるのが
使命……なのに、
恋をしてしまったんだ。
海沿いの街で
巻き起こる
ちょっぴり不思議な
青春ラブストーリー。
応募総数
4,128作品の
頂点
第29回
電撃小説大賞
大賞
受賞作
電撃文庫

第29回 電撃小説大賞受賞作
電撃文庫
僕が君と別れ、君は僕と出会い、
舞台《ものがたり》は始まる。
四季大雅
［イラスト］一色
TAIGA SHIKI
Illust: ISSHIKI
ミリは猫の瞳のなかに住んでいる
MILI LIVES IN THE CAT'S EYES
STORY
猫の瞳を通じて出会った少女・ミリから告げられた未来は、
探偵になって『運命』を変えること。
演劇部で起こる連続殺人、死者からの手紙、
ミリの言葉の真相――そして嘘。
過去と未来と現在が猫の瞳を通じて交錯する！
豪華PVや
コラボ情報は
特設サイトでCheck!!
電撃文庫

クセつよ異種族で行列ができる結婚相談所
～看板ネコ娘はカワイイだけじゃ務まらない～
五月雨きょうすけ
ill. 猫屋敷ぷしお
見習い秘書係のネコ娘、今日も頑張っています！
第29回
電撃小説大賞
受賞作
電撃文庫
特設サイトを
check!!
STORY
訪れるのはワケあり相談者ばかり？
異種族同士の婚活って大変なんです！
ドタバタ婚活ファンタジー、はじまります!!
電撃文庫

悪徳の迷宮都市を舞台に
一人のヒモとその飼い主の生き様を描く
衝撃の異世界ノワール
第28回
電撃小説大賞
大賞
受賞作
姫騎士様のヒモ
He is a kept man for princess knight.
白金 透
Illustration
マシマサキ
姫騎士アルウィンに養われ、人々から最低のヒモ野郎と罵られる
元冒険者マシューだが、彼の本当の姿を知る者は少ない。
「お前は俺のお姫様の害になる——だから殺す」
エンタメノベルの新境地をこじ開ける、衝撃の異世界ノワール！
電撃文庫

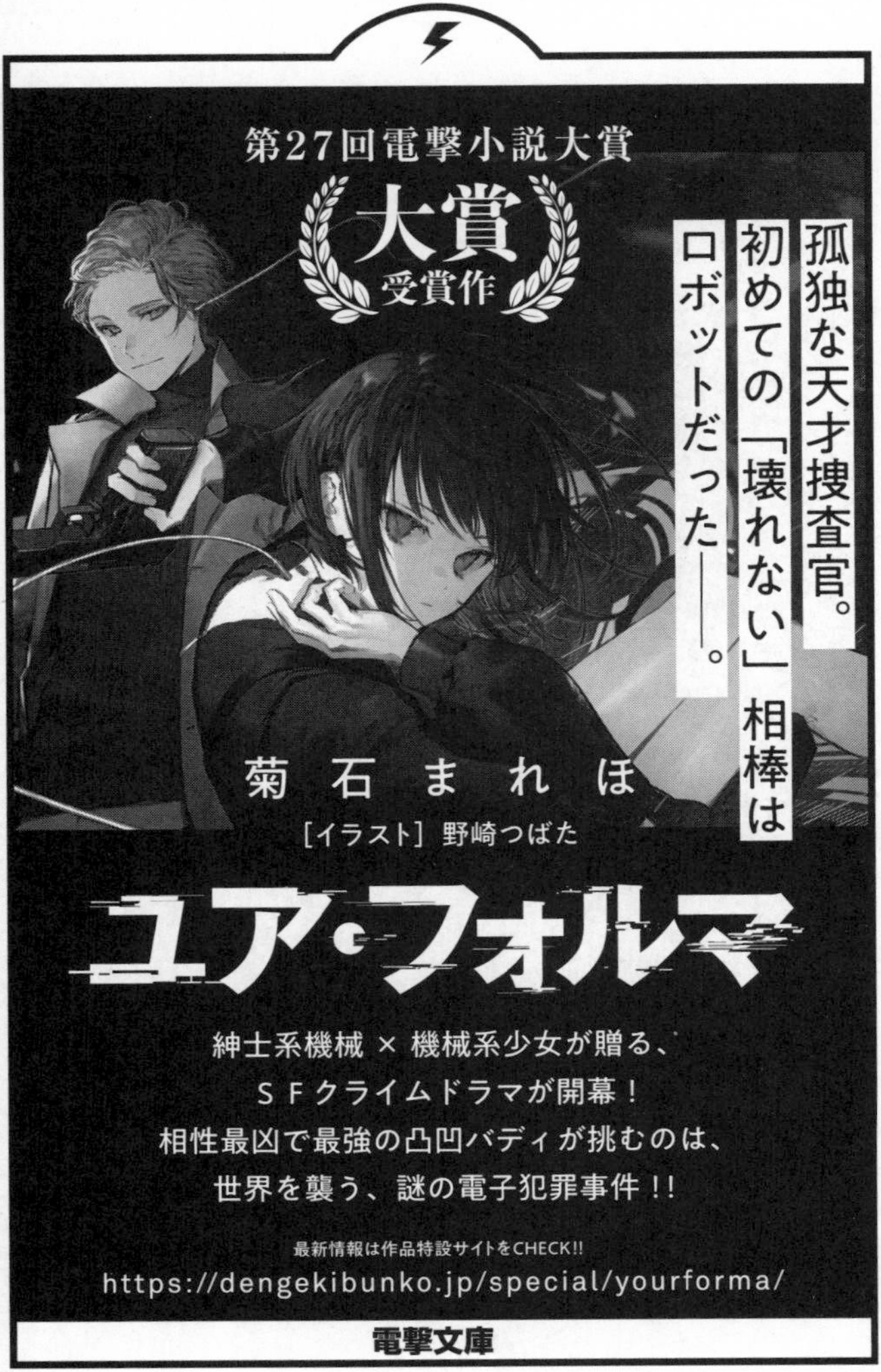
第27回電撃小説大賞
大賞
受賞作
孤独な天才捜査官。
初めての「壊れない」相棒は
ロボットだった――。
菊石まれほ
［イラスト］野崎つばた
ユア・フォルマ
紳士系機械 × 機械系少女が贈る、
ＳＦクライムドラマが開幕！
相性最凶で最強の凸凹バディが挑むのは、
世界を襲う、謎の電子犯罪事件！！
最新情報は作品特設サイトをCHECK!!
https://dengekibunko.jp/special/yourforma/
電撃文庫

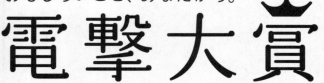